SCÉNARIO
GABY

DESSIN
DZACK

COULEURS
YOANN GUILLO

# LES BLONDES

BEST OF 3D[3]

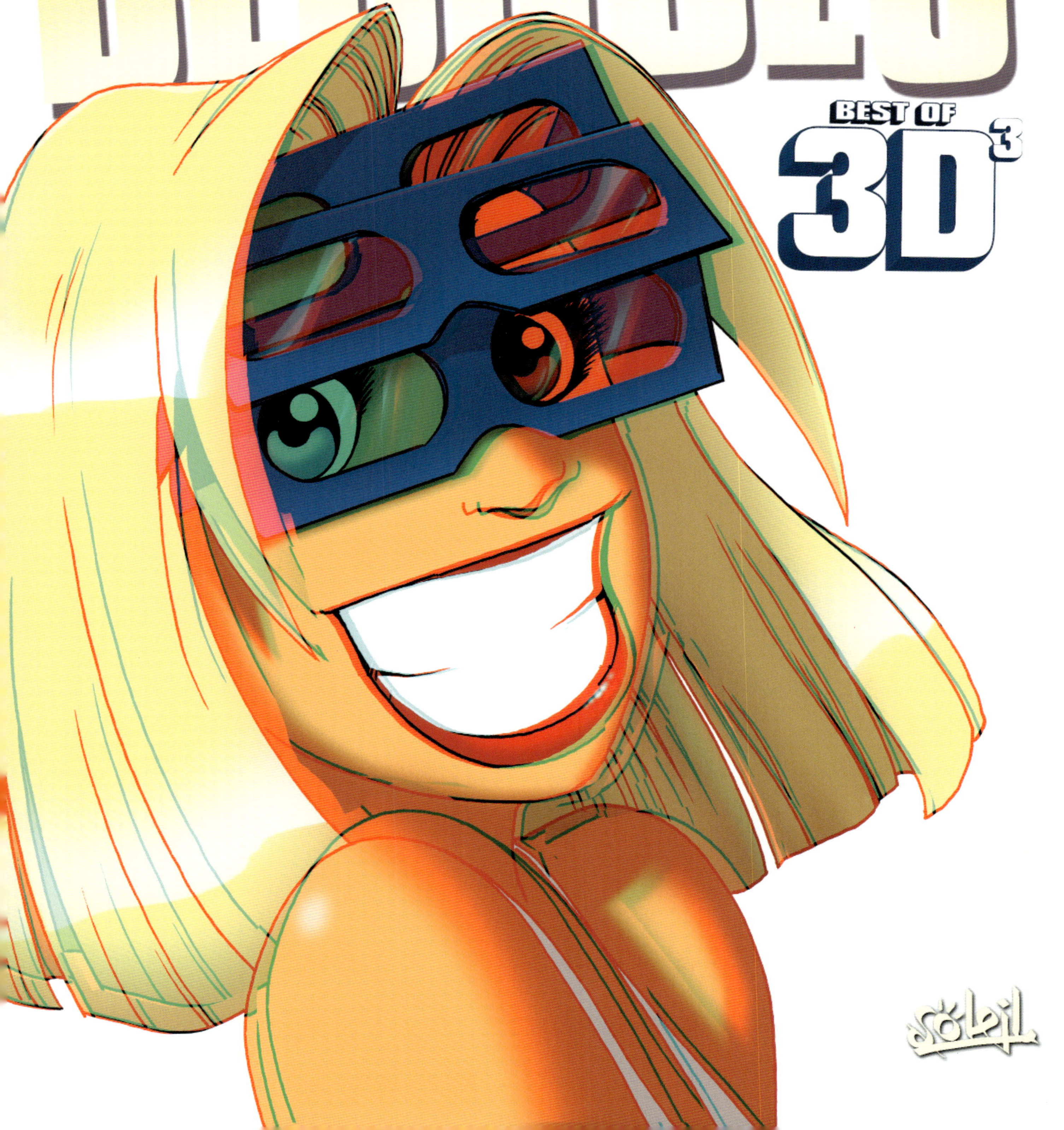

Soleil

# CONDUIT DEDANS

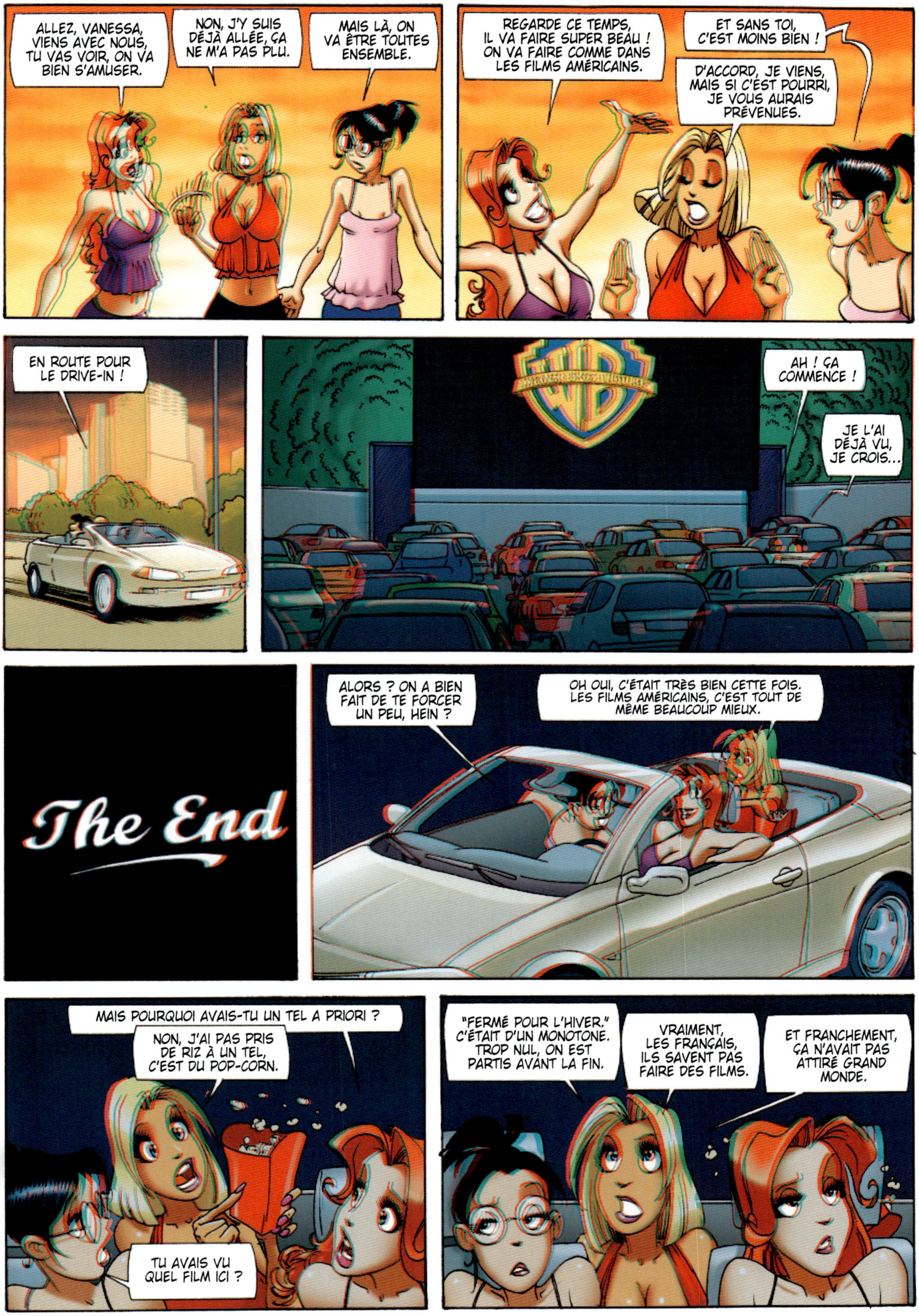
ALLEZ, VANESSA, VIENS AVEC NOUS, TU VAS VOIR, ON VA BIEN S'AMUSER.
NON, J'Y SUIS DÉJÀ ALLÉE, ÇA NE M'A PAS PLU.
MAIS LÀ, ON VA ÊTRE TOUTES ENSEMBLE.
REGARDE CE TEMPS, IL VA FAIRE SUPER BEAU ! ON VA FAIRE COMME DANS LES FILMS AMÉRICAINS.
ET SANS TOI, C'EST MOINS BIEN !
D'ACCORD, JE VIENS, MAIS SI C'EST POURRI, JE VOUS AURAIS PRÉVENUES.
EN ROUTE POUR LE DRIVE-IN !
AH ! ÇA COMMENCE !
JE L'AI DÉJÀ VU, JE CROIS...
The End
ALORS ? ON A BIEN FAIT DE TE FORCER UN PEU, HEIN ?
OH OUI, C'ÉTAIT TRÈS BIEN CETTE FOIS. LES FILMS AMÉRICAINS, C'EST TOUT DE MÊME BEAUCOUP MIEUX.
MAIS POURQUOI AVAIS-TU UN TEL A PRIORI ?
NON, J'AI PAS PRIS DE RIZ À UN TEL, C'EST DU POP-CORN.
TU AVAIS VU QUEL FILM ICI ?
"FERMÉ POUR L'HIVER." C'ÉTAIT D'UN MONOTONE. TROP NUL, ON EST PARTIS AVANT LA FIN.
VRAIMENT, LES FRANÇAIS, ILS SAVENT PAS FAIRE DES FILMS.
ET FRANCHEMENT, ÇA N'AVAIT PAS ATTIRÉ GRAND MONDE.

ÉCHELLES DE VALEURS

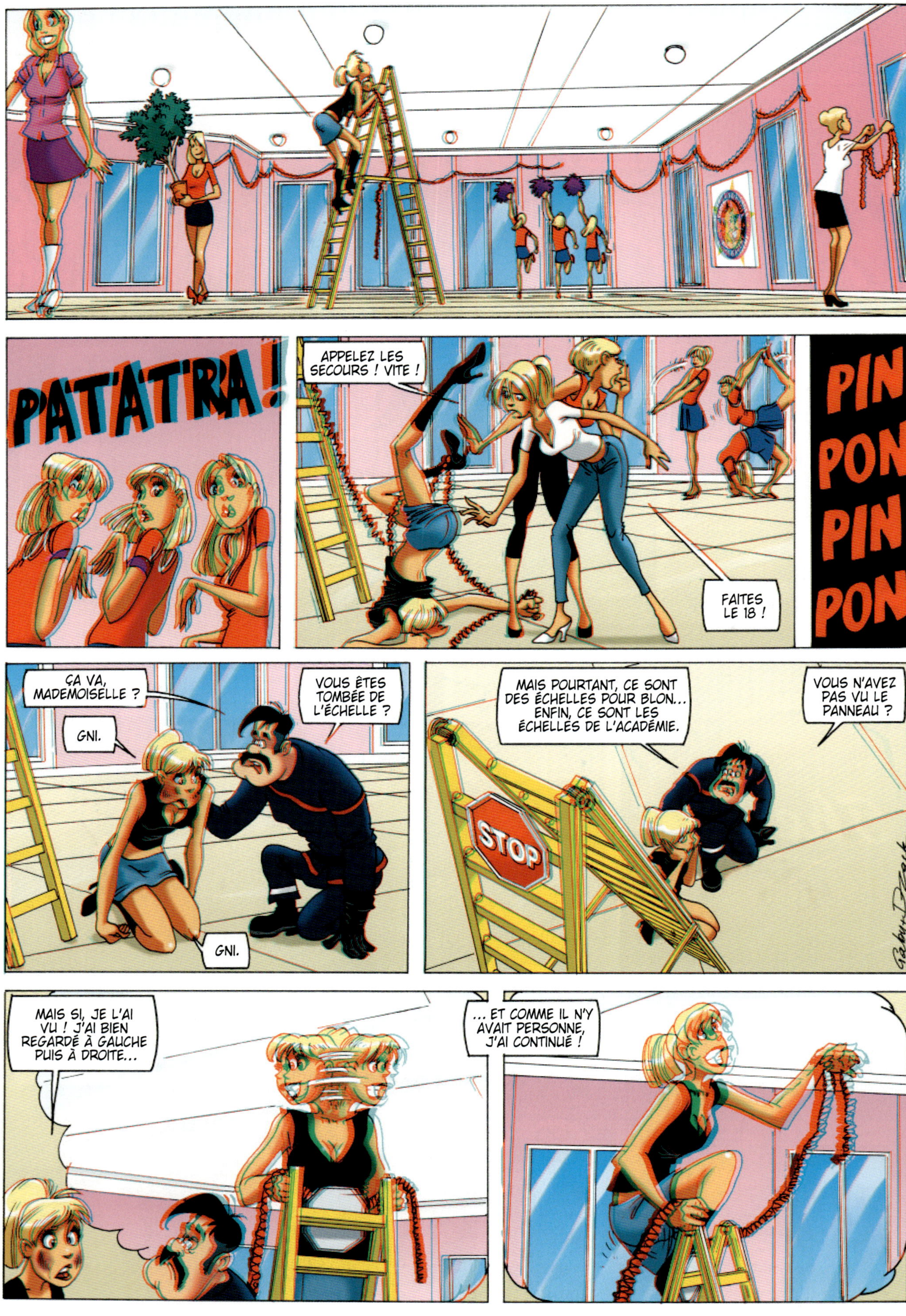
PATATRA !
APPELEZ LES SECOURS ! VITE !
FAITES LE 18 !
PIN PON PIN PON
ÇA VA, MADEMOISELLE ?
GNI.
VOUS ÊTES TOMBÉE DE L'ÉCHELLE ?
GNI.
MAIS POURTANT, CE SONT DES ÉCHELLES POUR BLON... ENFIN, CE SONT LES ÉCHELLES DE L'ACADÉMIE.
VOUS N'AVEZ PAS VU LE PANNEAU ?
STOP
MAIS SI, JE L'AI VU ! J'AI BIEN REGARDÉ À GAUCHE PUIS À DROITE...
... ET COMME IL N'Y AVAIT PERSONNE, J'AI CONTINUÉ !

## DU SOLEIL ET DU CIEL BLEU

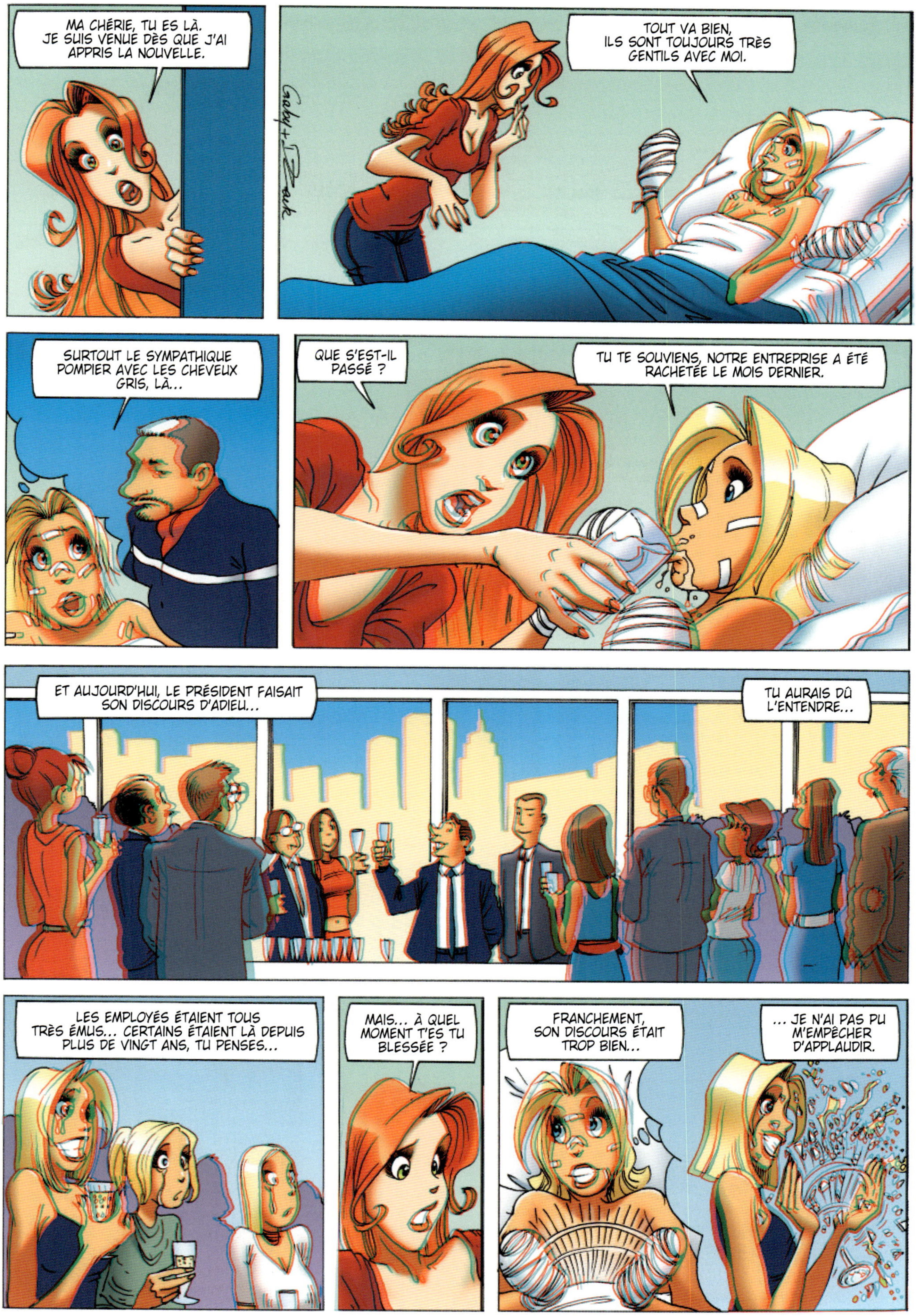

MA CHÉRIE, TU ES LÀ. JE SUIS VENUE DÈS QUE J'AI APPRIS LA NOUVELLE.
TOUT VA BIEN, ILS SONT TOUJOURS TRÈS GENTILS AVEC MOI.
SURTOUT LE SYMPATHIQUE POMPIER AVEC LES CHEVEUX GRIS, LÀ...
QUE S'EST-IL PASSÉ ?
TU TE SOUVIENS, NOTRE ENTREPRISE A ÉTÉ RACHETÉE LE MOIS DERNIER.
ET AUJOURD'HUI, LE PRÉSIDENT FAISAIT SON DISCOURS D'ADIEU...
TU AURAIS DÛ L'ENTENDRE...
LES EMPLOYÉS ÉTAIENT TOUS TRÈS ÉMUS... CERTAINS ÉTAIENT LÀ DEPUIS PLUS DE VINGT ANS, TU PENSES...
MAIS... À QUEL MOMENT T'ES TU BLESSÉE ?
FRANCHEMENT, SON DISCOURS ÉTAIT TROP BIEN...
... JE N'AI PAS PU M'EMPÊCHER D'APPLAUDIR.

# D'HOMMAGE

DEPUIS DES LUNES, CEUX QUI MARCHENT PRESQUE DEBOUT ESSAYAIENT DE FAIRE JAILLIR LE FEU.
SANS AUCUN RÉSULTAT. MAIS CE JOUR-LÀ...
OUILLE ! BOBO !
OUGLOU !
CLAC
FROUF !
CLAC CLAC
AAAAAAAAAAAAAAAHHHHHHHHH !
TCHAAAAAAAAA !
RAAAAHHHAAAAA!!!
SNIF...

## SAV

CATHERINE ! MA CHÉRIE !
BONJOUR, CATHERINE !
BONJOUR !!
OH, DIS MOI, ÇA POUSSE !
NE M'EN PARLE PAS, ET LÀ, JUSTEMENT, IL A BIEN POUSSÉ, IL FAUT QUE J'AILLE LE CHANGER..
LE CHANGER ? IL EST DÉJÀ USÉ ? FRANCHEMENT, ELLE AURAIT PU LE PRENDRE D'UNE AUTRE MARQUE.
UN BÉBÉ C'EST IMPORTANT, ELLE DEVRAIT POUVOIR LE GARDER PLUS LONGTEMPS. ELLE AURAIT PEUT-ÊTRE DÛ PRENDRE UN BÉBÉ ALLEMAND, POUR LA QUALITÉ !
CAFE du
FRANCHEMENT, QUAND ON N'A PAS D'ARGENT, ON FAIT PAS D'ENFANT !!!

## CAFÉ COWBOY

GARÇON, S'IL VOUS PLAÎT ?
JE PEUX ENCORE AVOIR UN SUCRE ?
OUI, MADEMOISELLE ?
OUI, BIEN SÛR, MAIS JE VOUS EN AI DÉJÀ APPORTÉ AU MOINS UNE DIZAINE...
OUI, JE SAIS, MAIS ILS FONDENT TOUS !

# BEAU GOSSE

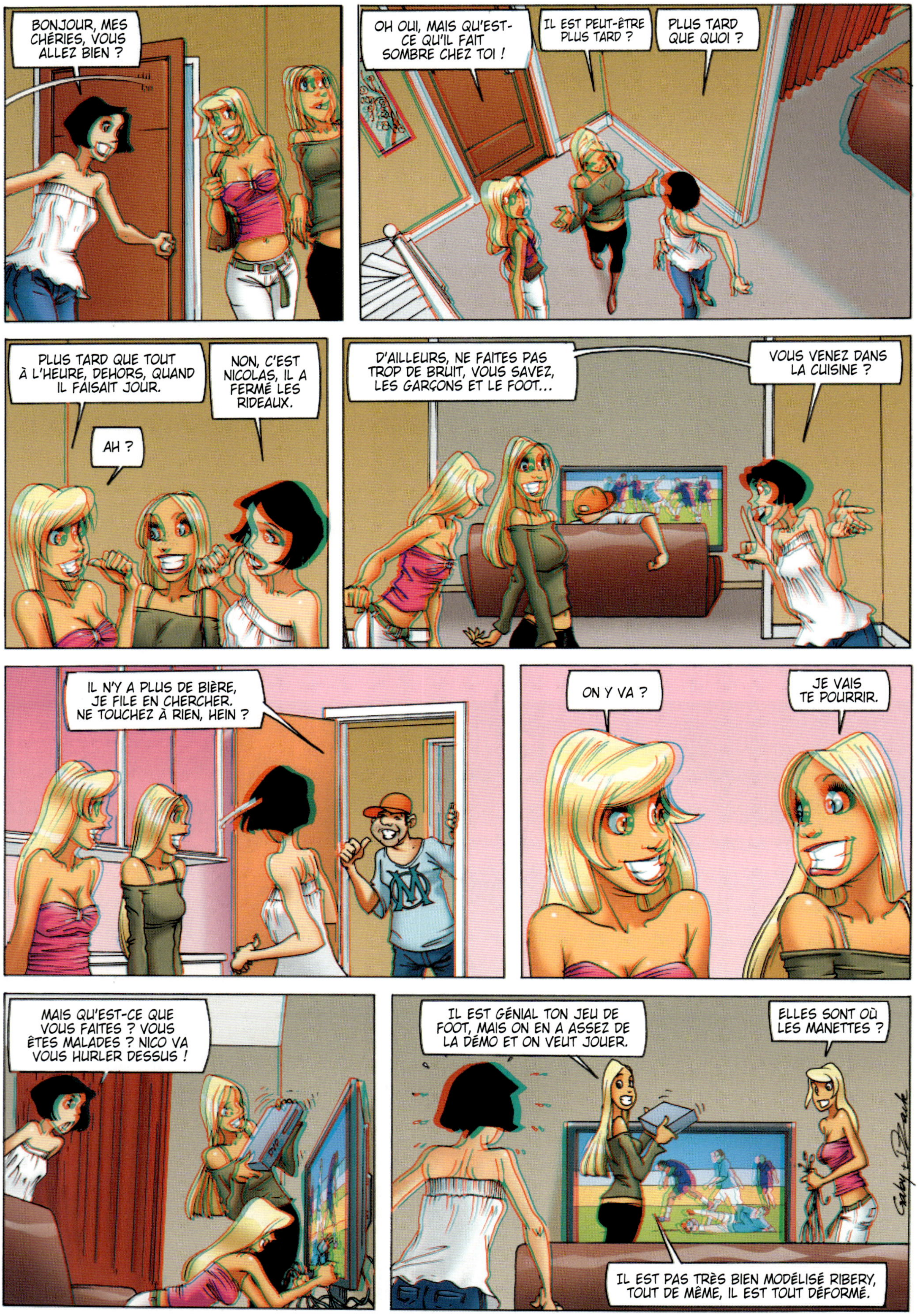
BONJOUR, MES CHÉRIES, VOUS ALLEZ BIEN ?
OH OUI, MAIS QU'EST-CE QU'IL FAIT SOMBRE CHEZ TOI !
IL EST PEUT-ÊTRE PLUS TARD ?
PLUS TARD QUE QUOI ?
PLUS TARD QUE TOUT À L'HEURE, DEHORS, QUAND IL FAISAIT JOUR.
AH ?
NON, C'EST NICOLAS, IL A FERMÉ LES RIDEAUX.
D'AILLEURS, NE FAITES PAS TROP DE BRUIT, VOUS SAVEZ, LES GARÇONS ET LE FOOT...
VOUS VENEZ DANS LA CUISINE ?
IL N'Y A PLUS DE BIÈRE, JE FILE EN CHERCHER. NE TOUCHEZ À RIEN, HEIN ?
ON Y VA ?
JE VAIS TE POURRIR.
MAIS QU'EST-CE QUE VOUS FAITES ? VOUS ÊTES MALADES ? NICO VA VOUS HURLER DESSUS !
IL EST GÉNIAL TON JEU DE FOOT, MAIS ON EN A ASSEZ DE LA DÉMO ET ON VEUT JOUER.
ELLES SONT OÙ LES MANETTES ?
IL EST PAS TRÈS BIEN MODÉLISÉ RIBERY, TOUT DE MÊME, IL EST TOUT DÉFORMÉ.

VICE-CHAMPION DU MONDE

OH, IL EST BEAU TOUT DE MÊME... MAIS JE NE SAIS PAS COMMENT L'ABORDER, ÇA FAIT UN PEU CHEVALIER TOUT DE MÊME...
CAVALIER.
MAIS LAISSE-MOI FAIRE...
BONSOIR, TU CONNAIS VANESSA ?
HEU, BONSOIR ? VANESSA ? C'EST ÇA ?
JE VOUS LAISSE...
BONSOIR...
"DEMAIN SOIR", ON SE FAIT UN CINÉ ?
OH OUI, J'ADORE LES FILMS DE SPLIB... PLISBER... PSILBERG... J'AIME BIEN TOUS LES FILMS, EN FAIT !
JE VAIS TE DONNER MON TÉLÉPHONE, COMME ÇA, ON POURRA SE JOINDRE...
BEN, C'EST COMPLÈTEMENT BÊTE !
COMMENT ÇA ?
TU VOUDRAIS ME POSTER UN LAPIN QUE TU NE T'Y PRENDRAIS PAS AUTREMENT !
MAIS NON ! PAS DU TOUT !
SI TU ME DONNES TON PORTABLE, COMMENT TU VEUX M'APPELER APRÈS ?
TU Y AS PAS RÉFLÉCHI, HEIN ?
C'EST BIEN MA VEINE, QUAND JE TOMBE SUR UN GARÇON SYMPA, IL EST TOUJOURS UN PEU ABRUTI...

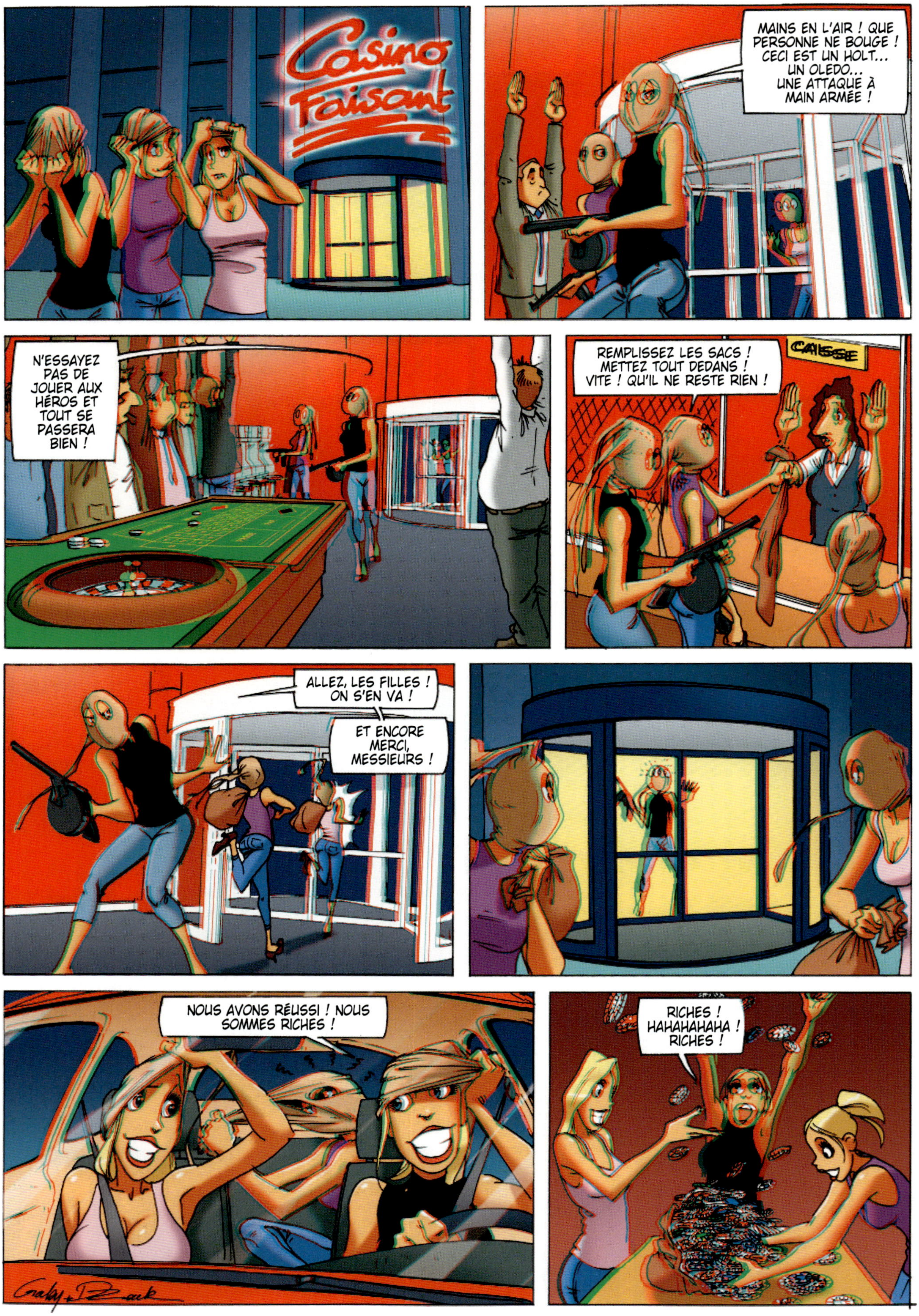
MAINS EN L'AIR ! QUE PERSONNE NE BOUGE ! CECI EST UN HOLT... UN OLEDO... UNE ATTAQUE À MAIN ARMÉE !
N'ESSAYEZ PAS DE JOUER AUX HÉROS ET TOUT SE PASSERA BIEN !
REMPLISSEZ LES SACS ! METTEZ TOUT DEDANS ! VITE ! QU'IL NE RESTE RIEN !
CAISSE
ALLEZ, LES FILLES ! ON S'EN VA !
ET ENCORE MERCI, MESSIEURS !
NOUS AVONS RÉUSSI ! NOUS SOMMES RICHES !
RICHES ! HAHAHAHAHA ! RICHES !

## CHAMPIGNONS À LA GRECQUE

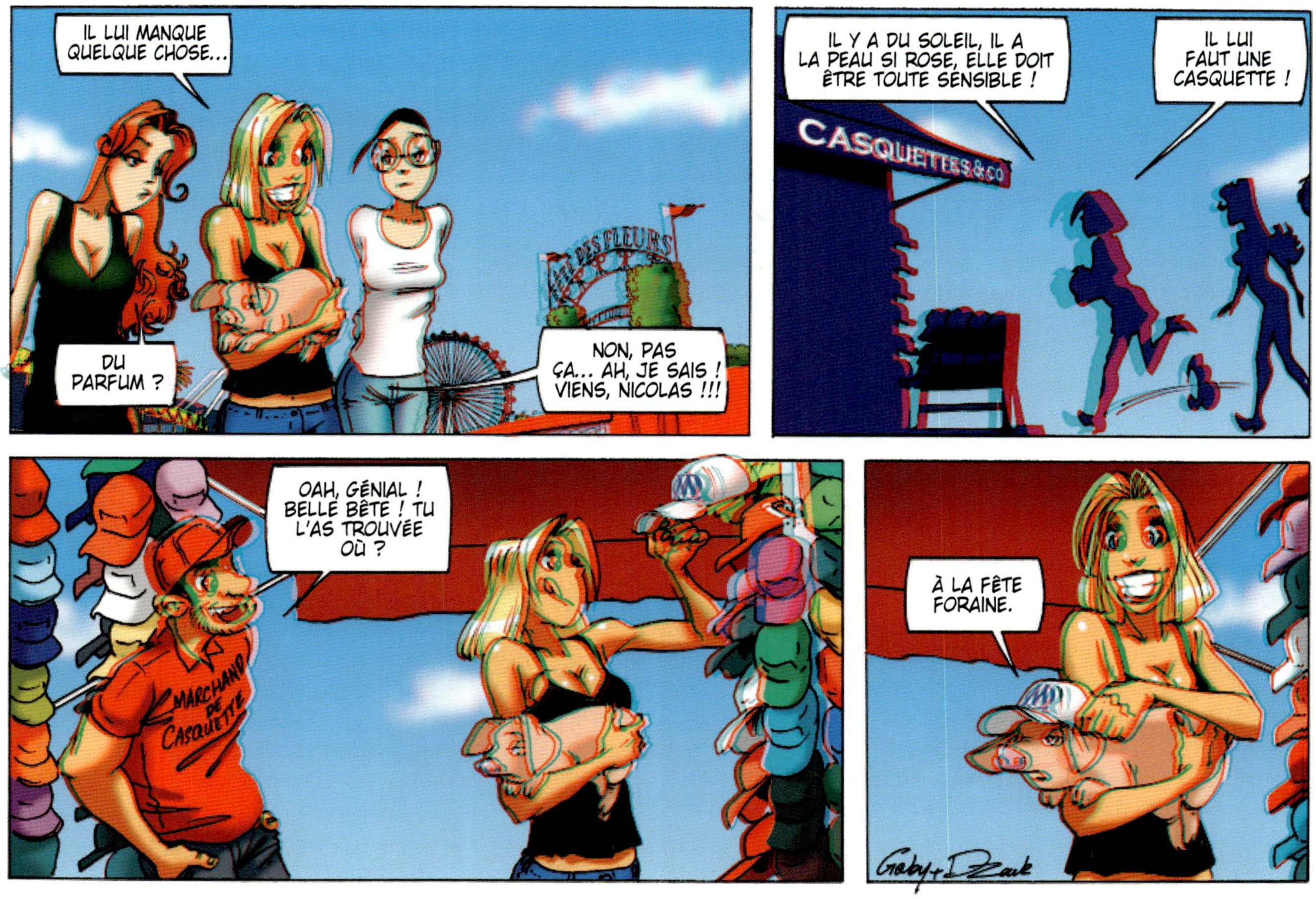

IL LUI MANQUE QUELQUE CHOSE…
DU PARFUM ?
NON, PAS ÇA… AH, JE SAIS ! VIENS, NICOLAS !!!
IL Y A DU SOLEIL, IL A LA PEAU SI ROSE, ELLE DOIT ÊTRE TOUTE SENSIBLE !
IL LUI FAUT UNE CASQUETTE !
CASQUETTES & CO
OAH, GÉNIAL ! BELLE BÊTE ! TU L'AS TROUVÉE OÙ ?
MARCHAND DE CASQUETTE
À LA FÊTE FORAINE.

## NUIT CANINE

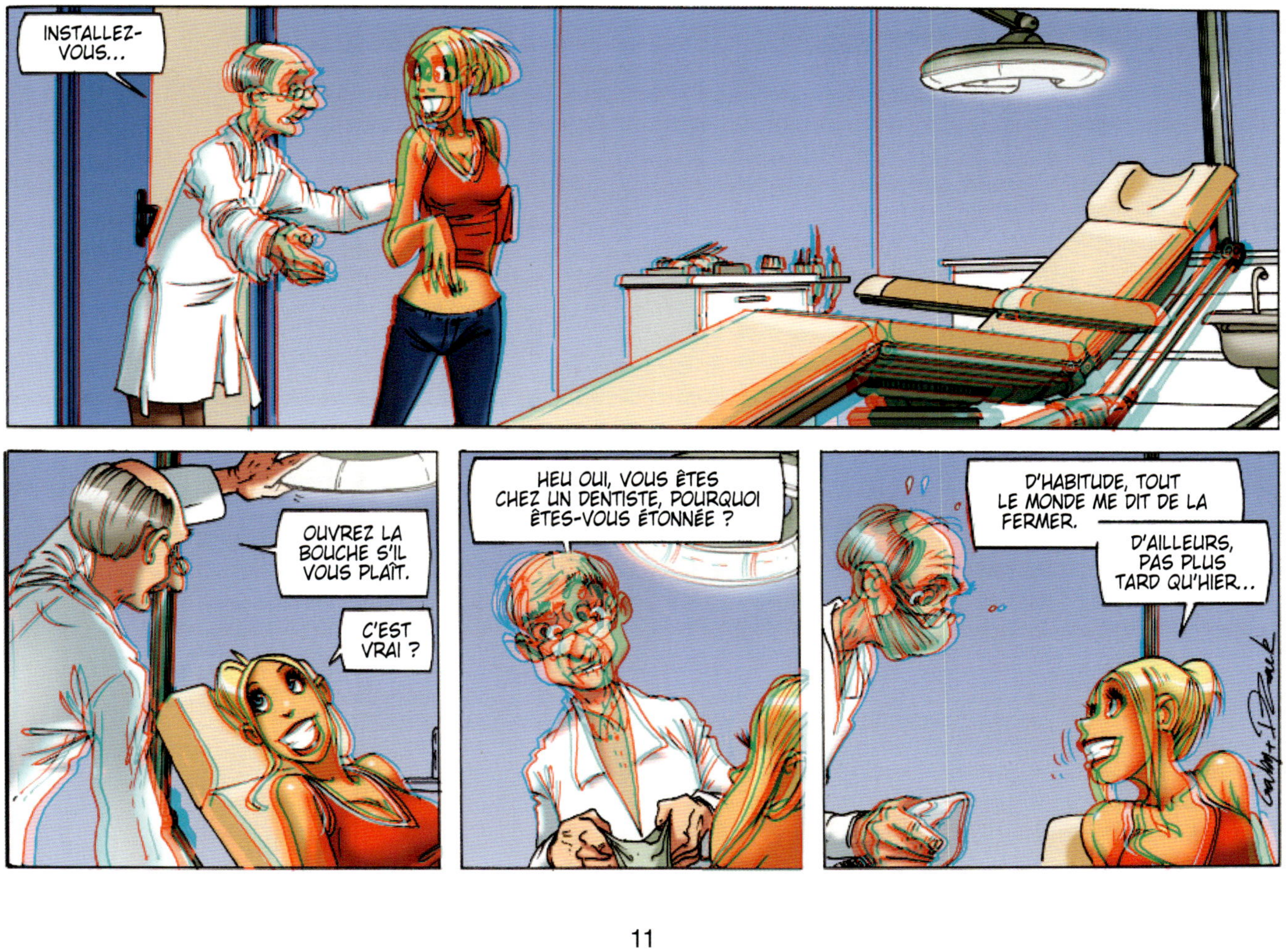

INSTALLEZ-VOUS…
OUVREZ LA BOUCHE S'IL VOUS PLAÎT.
C'EST VRAI ?
HEU OUI, VOUS ÊTES CHEZ UN DENTISTE, POURQUOI ÊTES-VOUS ÉTONNÉE ?
D'HABITUDE, TOUT LE MONDE ME DIT DE LA FERMER.
D'AILLEURS, PAS PLUS TARD QU'HIER…

## VOIR OU CONDUIRE

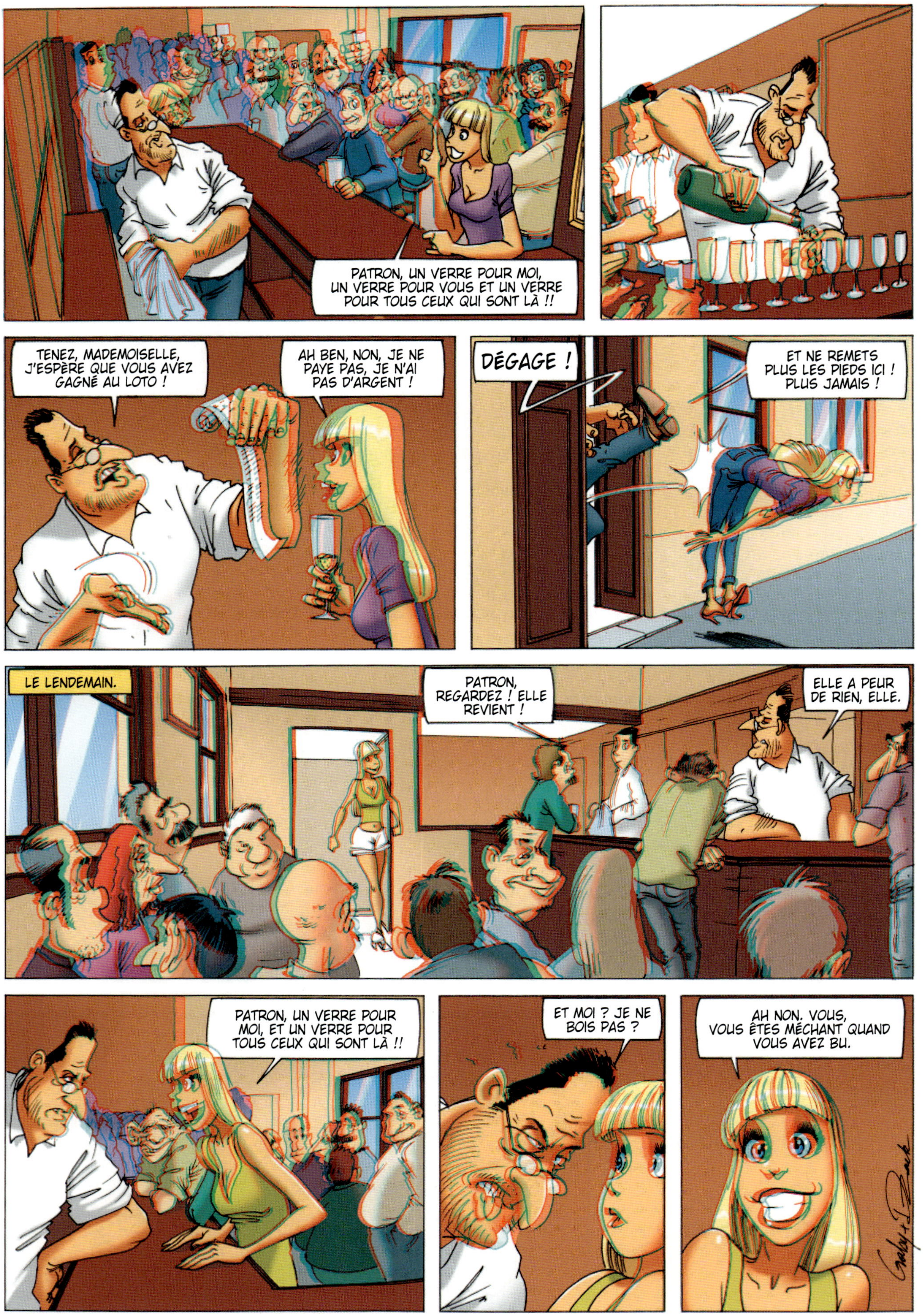
PATRON, UN VERRE POUR MOI, UN VERRE POUR VOUS ET UN VERRE POUR TOUS CEUX QUI SONT LÀ !!
TENEZ, MADEMOISELLE, J'ESPÈRE QUE VOUS AVEZ GAGNÉ AU LOTO !
AH BEN, NON, JE NE PAYE PAS, JE N'AI PAS D'ARGENT !
DÉGAGE !
ET NE REMETS PLUS LES PIEDS ICI ! PLUS JAMAIS !
LE LENDEMAIN.
PATRON, REGARDEZ ! ELLE REVIENT !
ELLE A PEUR DE RIEN, ELLE.
PATRON, UN VERRE POUR MOI, ET UN VERRE POUR TOUS CEUX QUI SONT LÀ !!
ET MOI ? JE NE BOIS PAS ?
AH NON. VOUS, VOUS ÊTES MÉCHANT QUAND VOUS AVEZ BU.

HBO

HELLO MISS, MAY I HELP YOU ?
HEU... DOU SPIK... IOU FRENTCH ?
VOUS ÊTES FRANÇAISE ? OH, JE PARLE UN PETIT PEU FRANÇAIS. J'AI ÉTUDIÉ AU HIGH SCHOOL !
JE PEUX AIDER VOUS ?
OH OUI, VOUS POUVEZ AIDER MOI !
JE VOUDRAIS ACHETER UNE TÉLÉVISION, PLIZ ?
New York je t'aime
ALL OUR TV SETS SONT LÀ. DO YOU HAVE... VOUS AVEZ UN CRÉDIT CARD ? CARTE DE CRÉDIT ?
NO, MAIS JE VAIS PAYER HAPPY...
PAYER HAPPY ?
COMPTANT ! CASH ! JE VAIS PAYER CASH !
DO YOU HAVE... VOUS AVEZ ADRESSE SUR NEW YORK ?
NO, AIE LA RAPPORTE CHEZ MOI, EN FRANCE.
AH ? YOU DON'T... VOUS N'AVEZ PAS TV EN FRANCE ?
AH SI, MAIS JE PRÉFÈRE LES SÉRIES AMÉRICAINES. ELLES SONT VRAIMENT MIEUX QUE LES NÔTRES !

## SOMNIFÈRE

VOUS PRENDREZ UN CAFÉ ?
NON, MERCI.
NON, MERCI.
SI JE BOIS UNE TASSE DE CAFÉ, JE NE PEUX PAS DORMIR.
MOI, C'EST LE CONTRAIRE.
COMMENT CELA ?
QUAND JE DORS, JE NE PEUX PAS BOIRE DE CAFÉ.
J'AI ESSAYÉ, HEIN... MAIS NON.

## PLUS BÊTE, TU MEURS

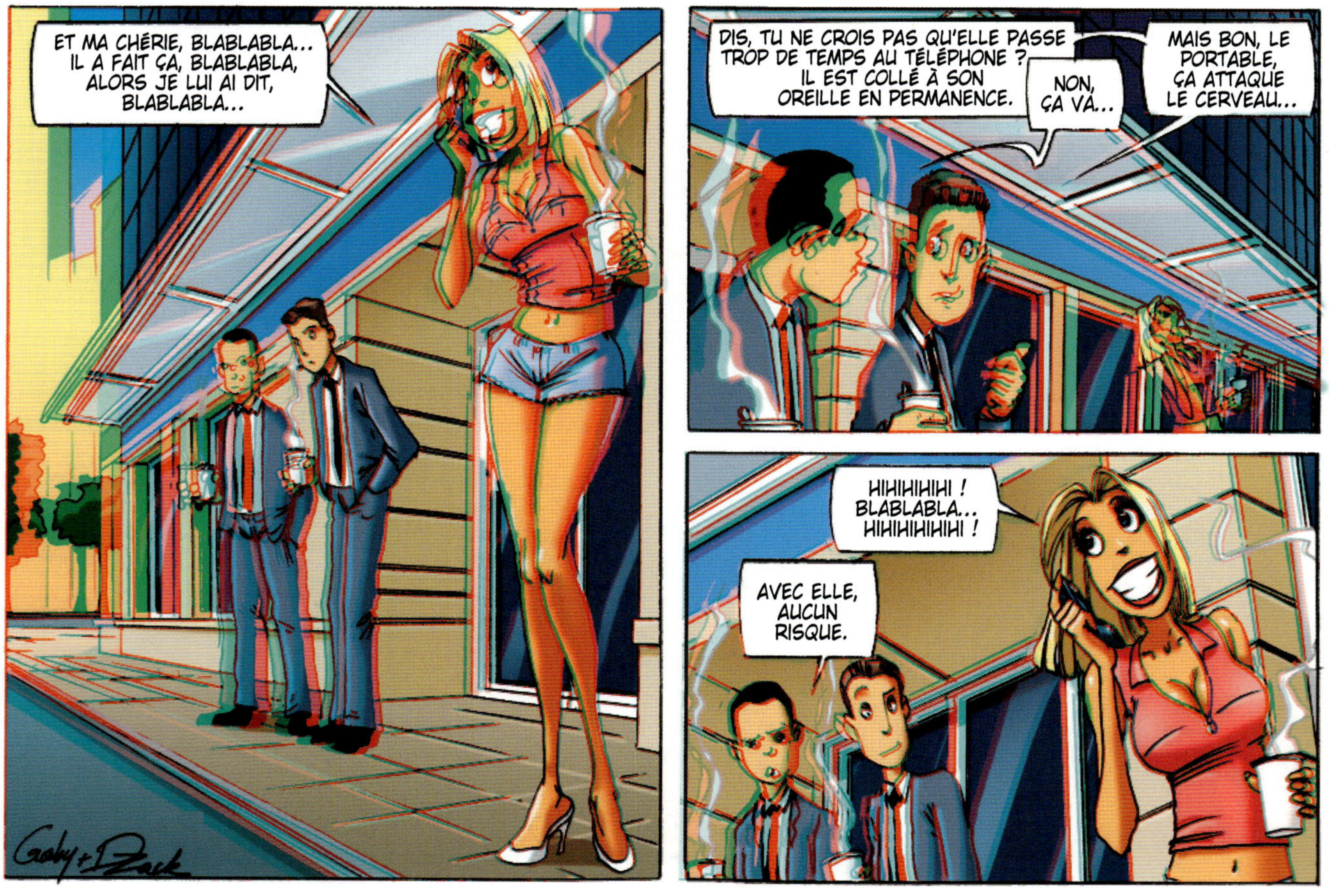
ET MA CHÉRIE, BLABLABLA... IL A FAIT ÇA, BLABLABLA, ALORS JE LUI AI DIT, BLABLABLA...
DIS, TU NE CROIS PAS QU'ELLE PASSE TROP DE TEMPS AU TÉLÉPHONE ? IL EST COLLÉ À SON OREILLE EN PERMANENCE.
NON, ÇA VA...
MAIS BON, LE PORTABLE, ÇA ATTAQUE LE CERVEAU...
HIHIHIHIHI ! BLABLABLA... HIHIHIHIHIHI !
AVEC ELLE, AUCUN RISQUE.

# ROCK'N ROLL NEVER DIES

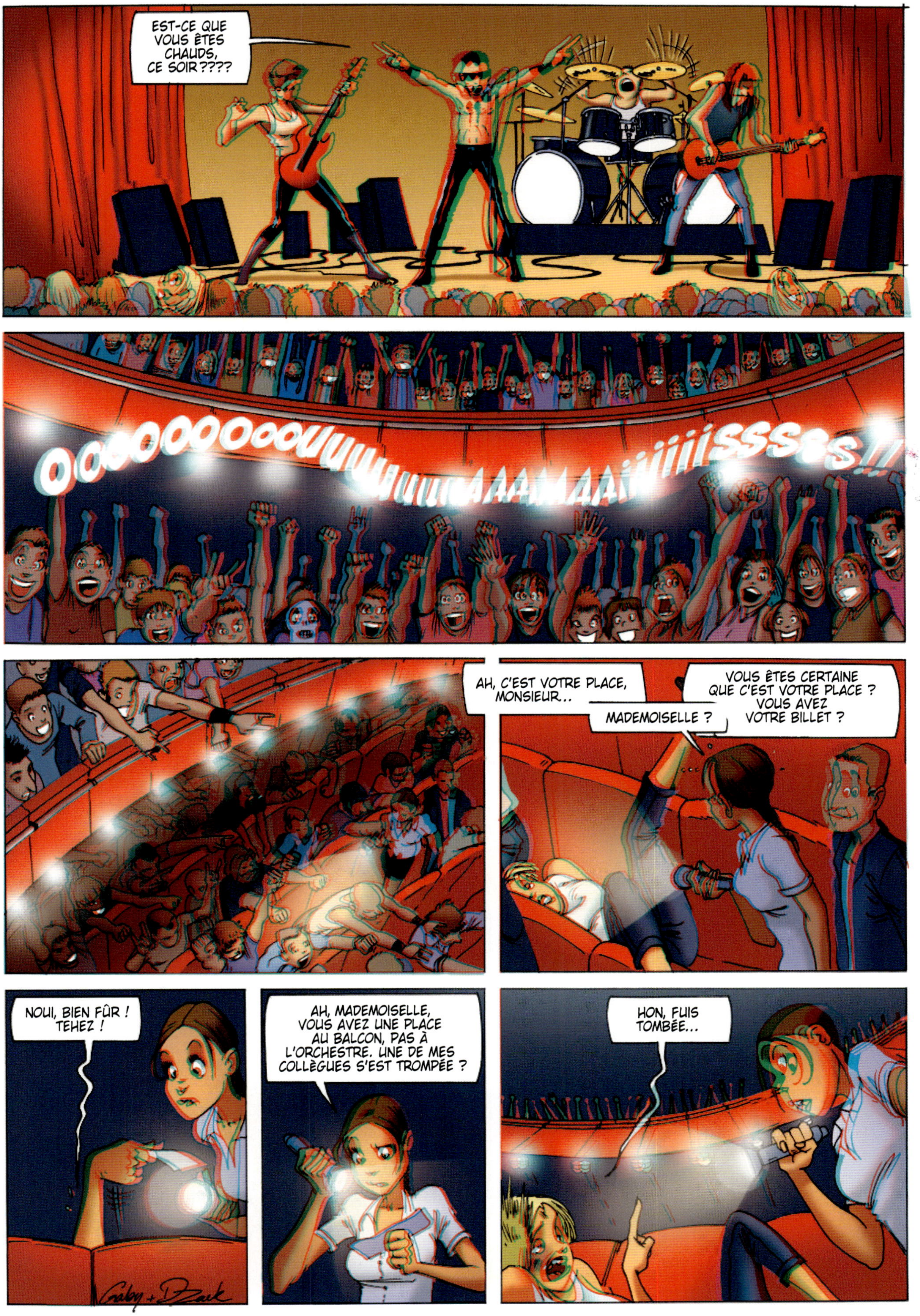
EST-CE QUE VOUS ÊTES CHAUDS, CE SOIR????
OOOOOOOOooUUUUuuuuuAAAMAAiiiiiiSSSSes!!
AH, C'EST VOTRE PLACE, MONSIEUR..
VOUS ÊTES CERTAINE QUE C'EST VOTRE PLACE ? VOUS AVEZ VOTRE BILLET ?
MADEMOISELLE ?
NOUI, BIEN FÛR ! TEHEZ !
AH, MADEMOISELLE, VOUS AVEZ UNE PLACE AU BALCON, PAS À L'ORCHESTRE. UNE DE MES COLLÈGUES S'EST TROMPÉE ?
HON, FUIS TOMBÉE...

## POULE AU POT

ALORS, LA PETITE DAME, VOUS EN AVEZ ASSEZ DE LA VILLE ET VOUS VENEZ À LA CAMPAGNE ?
OUI, J'AI DÉCIDÉ DE COMMUNIER AVEC LA NATURE ET POUR ÇA, JE VAIS LANCER UN ÉLEVAGE DE POULETS.
C'EST PAS FACILE, ÇA, LA PETITE DAME.
MAIS COMME MOI AUSSI J'AI DES POULETS, JE VAIS VOUS EN PRÊTER QUELQUES UNS POUR VOUS AIDER À DÉBUTER VOTRE ÉLEVAGE.
À BIENTÔT ! REVENEZ QUAND VOUS VOULEZ, LA PORTE EST OUVERTE !
OH BEN, ILS N'ONT PAS PEUR DES CAMBRIOLEURS À LA CAMPAGNE !
COT ?
QUELQUES JOURS PLUS TARD.
ALORS, LA PETITE DAME, ON S'EN SORT AVEC LES POULETS ?
BOF, PAS TERRIBLE, ILS SONT TOUS MORTS !
OH BEN, ÇA C'EST DE LA PERTE ! JE N'AI JAMAIS EU ÇA, MOI !
NE VOUS INQUIÉTEZ PAS, LA PETITE DAME, JE VAIS VOUS EN PRÊTER D'AUTRES.
C'EST GENTIL ! VOUS REVIENDREZ ME VOIR, HEIN ?
D'ACCORD, LA PETITE DAME !
ENCORE QUELQUES JOURS PLUS TARD.
SALUT, LA PETITE DAME ! ÇA C'EST MIEUX PASSÉ CETTE FOIS-CI AVEC LES POULETS ?
BEN NON, PAREIL. ILS SONT TOUS MORTS.
MAIS C'EST PAS POSSIBLE ! CE N'EST JAMAIS ARRIVÉ ! MÊME PENDANT LA CANICULE ! COMMENT ÇA SE FAIT ?
JE NE SAIS PAS ! JE LES PLANTE PEUT-ÊTRE TROP PROFOND. OU ALORS TROP SERRÉ.
MAIS JE N'AI PAS OUBLIÉ DE LES ARROSER.

VANESSAE ! JE TE CONDAMNE AUX JEUX DU CIRQUE !!!
OH OUI ! J'ADORE LES CLOWNS !
EN PISTE !
GROAAR...
COURS PLUS VITE !
LE LION TE RATTRAPE !
CE N'EST PAS GRAVE, J'AI UN TOUR D'AVANCE !
IL N'EST PAS PRÈS DE ME RATTRAPER ! DIEU ME PORTE !

## CHUTTT

ALORS, VOUS ÊTES ALLÉES VOIR LA PIÈCE DE THÉÂTRE DE MARIANNE ?
OH OUI, C'ÉTAIT VRAIMENT DRÔLE !
TU M'ÉTONNES ! C'ÉTAIT À TOMBER !
OH, MA CHÉRIE ! TU T'ES FAIT MAL ?
ÇA T'ES ARRIVÉ QUAND ? QUAND JE SUIS PARTIE AUX TOILETTES, C'EST ÇA ? J'IRAI PLUS AUX TOILETTES. PLUS JAMAIS !

## CASQUETTE SALARIALE

ILS SONT TOUT DE MÊME TROP PAYÉS, LES JOUEURS DE FOOT, PARFOIS.
OUI, C'EST EXAGÉRÉ ! MAIS ILS NE VONT PAS REFUSER NON PLUS CE QU'ON LEUR DONNE.
ILS POURRAIENT TOUT DE MÊME AVOIR DES MAISONS UN PEU MOINS GRANDES.
ILS EN PROFITENT, C'EST SÛR. MAIS LEUR CARRIÈRE NE DURE PAS TANT QUE... POURQUOI PARLES-TU DE LEURS MAISONS ?
BEN, PARCE QU'IL FAUT AVOIR DES SACRÉES GRANDES MAISONS QUAND ILS JOUENT À DOMICILE.
CHEZ MOI, PAR EXEMPLE, ILS AURAIENT DU MAL. MÊME EN OUVRANT LA PORTE.

# BUISSON ARDENT

C'EST LA PREMIÈRE FOIS QUE JE FAIS CE PARCOURS. VOUS LE FAITES SOUVENT ?
VOUS VOUS ARRÊTEZ LÀ ?
OUI, MAIS QUAND J'ÉTAIS PLUS JEUNE, JE FAISAIS LE PARCOURS COMPLET.
MAIS MAINTENANT, JE FAIS DES ALLERS-RETOURS...
CE N'EST PAS UN BUISSON QUI M'ARRÊTE.
ON SE RETROUVE À L'ARRIVÉE ? JE VOUS OFFRE UN VERRE !
... DEPUIS QU'ILS ONT CONSTRUIT LA VOIE FERRÉE.
"INSPIRE, EXPIRE, INSPIRE..."

## LA POULE ET L'ŒUF

VOUS AVEZ BIEN COMPRIS ? VOTRE TRAVAIL, C'EST DE RAMASSER LES ŒUFS, DE LES MARQUER À LA DATE D'AUJOURD'HUI ET DE LES METTRE EN BOÎTE.
D'ACCORD. JE LES RAMASSE, JE LES MARQUE À LA DATE D'AUJOURD'HUI ET JE LES METS EN BOITE.
J'ESPÈRE QUE VOUS SEREZ UN PEU PLUS DOUÉE QUE VOS COLLÈGUES... VOUS ÊTES BIEN GENTILLES, MAIS L'ACADÉMIE NE M'ENVOIE PAS QUE DES LUMIÈRES.
VOUS AVEZ UNE LAMPE TORCHE ?
POURQUOI ?
S'IL N'Y PAS DE LUMIÈRE, JE VAIS MARCHER SUR LES ŒUFS...
...
BON, ALLEZ, AU TRAVAIL...
OH, C'EST COMME PÂQUES ! HOUHOU, LES CLOCHES ! HOUHOU, LES POULES !
NGHHH... LA DATE D'AUJOURD'HUI...
TOUT SE PASSE BIEN ?
OH OUI, MONSIEUR ! JE DÉCORE MÊME CHAQUE ŒUF !
MAIS... MAIS QU'EST-CE QUE VOUS AVEZ FAIT ?
VOUS AVEZ ÉCRIT "AUJOURD'HUI" ?
AH BEN, FAUDRAIT SAVOIR. VOUS ME DITES DE LES MARQUER À LA DATE D'AUJOURD'HUI, MOI, J'ÉCRIS AUJOURD'HUI.
SI VOUS M'AVIEZ DIT DE LES MARQUER À LA DATE D'HIER, J'AURAIS ÉCRIT HIER.
C'EST POURTANT PAS SOURCIER.
Gaby + Back

ON VOIT TOUT DE MÊME BEAUCOUP MIEUX QU'À LA TÉLÉ !
OUI, HEIN, ET ON SENT BIEN L'AMBIANCE !
ET LES GENS SONT GENTILS, ON PEUT MÊME VENIR AVEC DES ENFANTS !
CE QUI EST FOU, C'EST QU'ON ENTEND LES...
... IMPACTS !
BLAF !
MAIS OUILLE !
CELUI-LÀ, JE LE GARDE !!!
MAIS NON, ÇA NE MARCHE PAS COMME ÇA ! TU DOIS LE RENVOYER !
TU CROIS ?
PFFF, C'EST MOINS DRÔLE !
ALLEEEEEZ !
OUAIS ! AAAALLEEEZ !
Gaby + Dzack

## MISTER SANDMAN

HOUHOU ! VANESSA !
BONJOUR, VANESSA !
BONJOUR, MA CHÉRIE !
TU AS PASSÉ UNE BONNE NUIT ?
HEU... COMMENT TU VEUX QUE JE SACHE ? JE DORMAIS...
ELLE EST UN PEU BIZARRE TA QUESTION...

## ON DIT MONSIEUR LE MAIRE ET PAS...

ON NE VA PAS UN PEU VITE, LÀ ? TU DEVRAIS PEUT-ÊTRE FREINER.
C'EST CE QUE FAIS, MAIS ÇA NE FREINE RIEN DU TOUT...
C'EST PAS GRAVE, IL Y A UN PANNEAU STOP, ON VA S'ARRÊTER !
STOP

OUIJA

JE VOUS DEMANDE LE SILENCE. CES SÉANCES SONT ÉPUISANTES. J'AI BESOIN DE TOUTE MA CONCENTRATION.
ESPRIT, ES-TU LÀ ?
ESPRIT, NOUS NE TE VOULONS PAS DE MAL. NOUS SOUHAITONS JUSTE COMMUNIQUER.
ESPRIT, QUEL EST TON NOM ?
CINDY !
CHUUUUT !
ESPRIT, JE SUIS LE CONDUIT PAR LEQUEL TU COMMUNIQUES AVEC NOUS.
ESPRIT, SI TU ES LÀ, FAIS BOUGER LE VERRE.
ESPRIT, SI TU NE PEUX PAS T'EXPRIMER, SI QUELQUE CHOSE TE GÊNE, FAIS BOUGER LE VERRE.
C'EST LA PREMIÈRE FOIS QUE ÇA SE PRODUIT.
C'EST COMME S'IL Y AVAIT UNE FORCE QUI ANNULAIT TOUTE PRÉSENCE D'ESPRIT DANS CETTE PIÈCE.
JE NE COMPRENDS PAS...

## ON APPLAUDIT L'ARTISTE

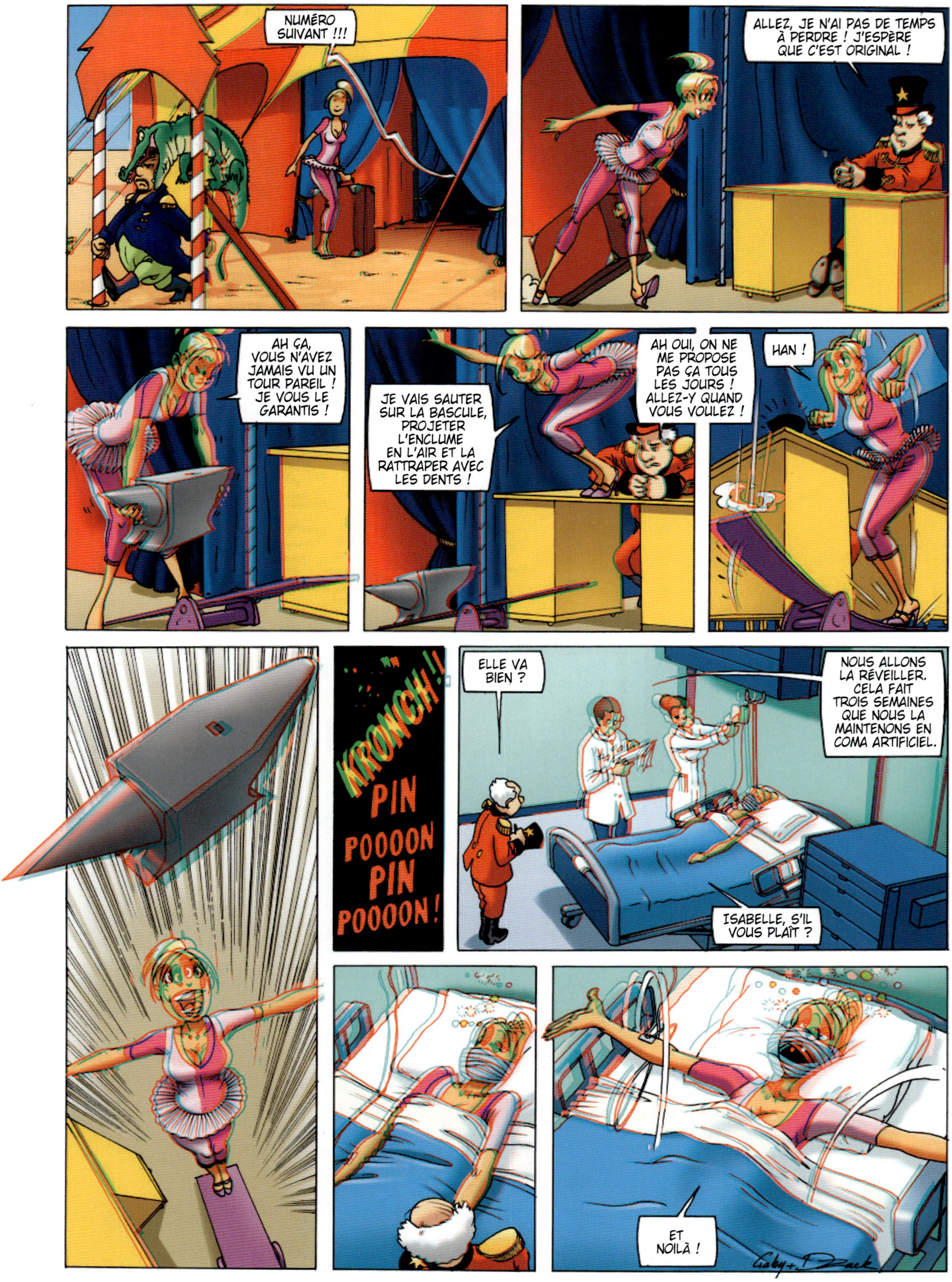
NUMÉRO SUIVANT !!!
ALLEZ, JE N'AI PAS DE TEMPS À PERDRE ! J'ESPÈRE QUE C'EST ORIGINAL !
AH ÇA, VOUS N'AVEZ JAMAIS VU UN TOUR PAREIL ! JE VOUS LE GARANTIS !
JE VAIS SAUTER SUR LA BASCULE, PROJETER L'ENCLUME EN L'AIR ET LA RATTRAPER AVEC LES DENTS !
AH OUI, ON NE ME PROPOSE PAS ÇA TOUS LES JOURS ! ALLEZ-Y QUAND VOUS VOULEZ !
HAN !
KRONCH !!
PIN
POOOON
PIN
POOOON !
ELLE VA BIEN ?
NOUS ALLONS LA RÉVEILLER. CELA FAIT TROIS SEMAINES QUE NOUS LA MAINTENONS EN COMA ARTIFICIEL.
ISABELLE, S'IL VOUS PLAÎT ?
ET NOILÀ !

BOUM

AUJOURD'HUI, LE COURS DE TRAVAUX MANUELS PORTERA SUR LA GRENADE.
POUR LE BESOIN DE L'EXPLICATION, NOUS ALLONS UTILISER DES GRENADES À PEINTURE.
ELLES SONT TOUT DE MÊME MOINS DANGEREUSES.
POURQUOI ELLES SONT MOINS DANGEREUSES ?
UNE GRENADE, C'EST DE L'EXPLOSIF. LE BUT D'UNE GRENADE, C'EST D'EXPLOSER, DE SAUTER. VOUS N'AVEZ PAS ENVIE DE VOUS FAIRE SAUTER, N'EST-CE PAS ?
HEU... BIEN. VOILÀ. PASSONS AUX EXERCICES.
IL SUFFIT DE PRENDRE LA GRENADE DANS LA MAIN, DE RETIRER LA GOUPILLE ET DE LA LANCER.
CINDY, À TOI.
MFF !
BIEN, CINDY !
Gaby + Dzack
MERCI, MONSIEUR !
HEU... TU AS QUOI DANS LA MAIN ?
C'EST LA GRENADE QU'ON LANCE, PAS LA GOUPILLE.
AH ?

# SCHTROUMPF ALORS

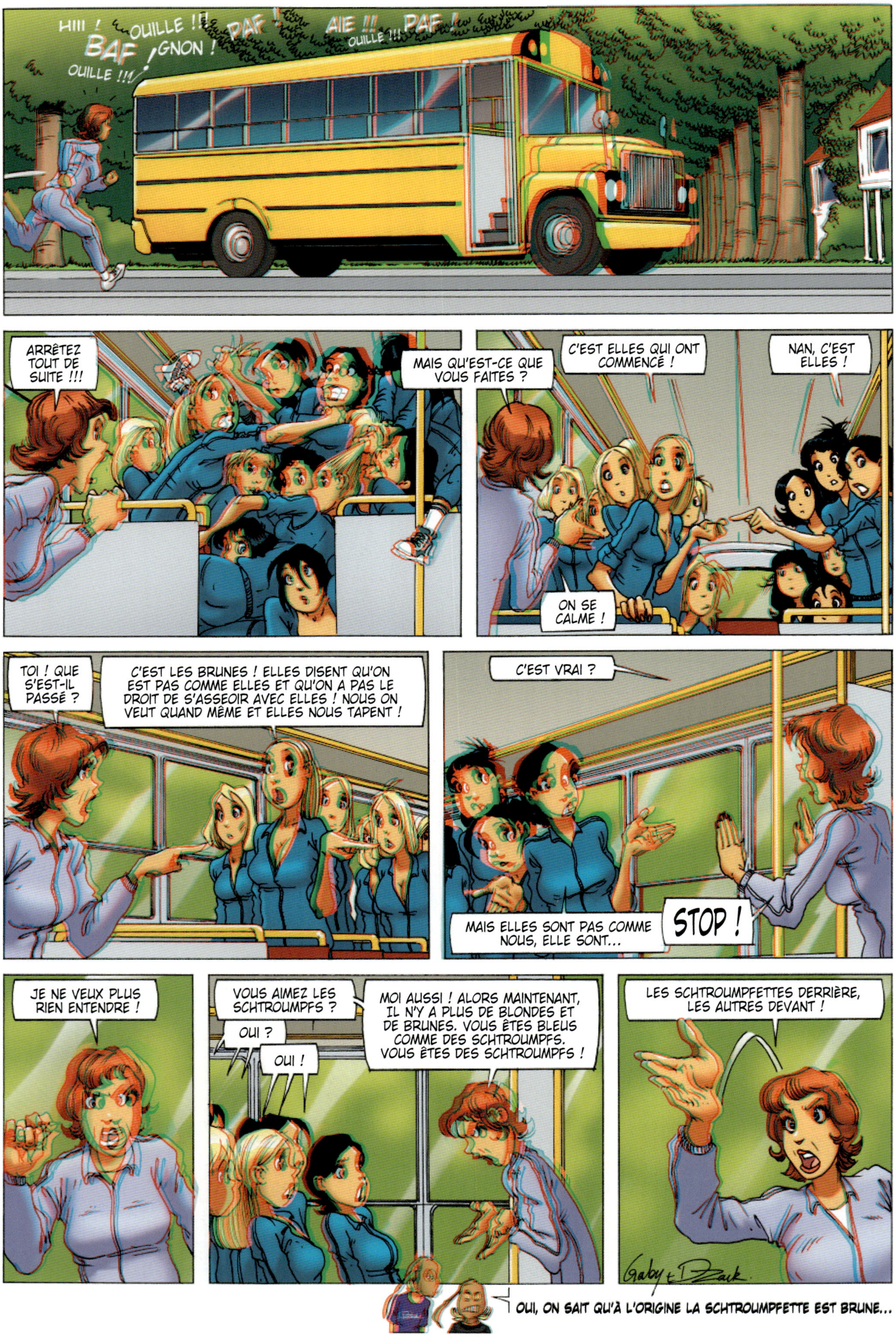
HIII !
OUILLE !!!
BAF
GNON !
OUILLE !!!
PAF !
AIE !!!
OUILLE !!!
PAF !
ARRÊTEZ TOUT DE SUITE !!!
MAIS QU'EST-CE QUE VOUS FAITES ?
C'EST ELLES QUI ONT COMMENCÉ !
NAN, C'EST ELLES !
ON SE CALME !
TOI ! QUE S'EST-IL PASSÉ ?
C'EST LES BRUNES ! ELLES DISENT QU'ON EST PAS COMME ELLES ET QU'ON A PAS LE DROIT DE S'ASSEOIR AVEC ELLES ! NOUS ON VEUT QUAND MÊME ET ELLES NOUS TAPENT !
C'EST VRAI ?
MAIS ELLES SONT PAS COMME NOUS, ELLE SONT...
STOP !
JE NE VEUX PLUS RIEN ENTENDRE !
VOUS AIMEZ LES SCHTROUMPFS ?
OUI ?
OUI !
MOI AUSSI ! ALORS MAINTENANT, IL N'Y A PLUS DE BLONDES ET DE BRUNES. VOUS ÊTES BLEUS COMME DES SCHTROUMPFS. VOUS ÊTES DES SCHTROUMPFS !
LES SCHTROUMPFETTES DERRIÈRE, LES AUTRES DEVANT !
Gaby & Dzack
OUI, ON SAIT QU'À L'ORIGINE LA SCHTROUMPFETTE EST BRUNE...

## PIQUE-NIQUE

POUR LE PIQUE-NIQUE DE FIN D'ANNÉE, VOUS ALLEZ TOUS DEMANDER À VOS PARENTS DE FAIRE DES PLATS.
D'ACCORD ?
OH, OUI ! C'EST GÉNIAL !
Gaby + Dzack
MOI, J'APPORTERAI UNE TARTE AUX POMMES, PARCE QUE MA MAMAN, ELLE FAIT SUPER BIEN LES TARTES AUX POMMES.
ET PUIS MOI, J'APPORTERAI DE LA MOUSSE AU CHOCOLAT ! UN SALADIER ENTIER !
ET MOI, JE DEMANDERAI À MA TATA DE FAIRE UNE QUICHE. TOUT LE MONDE ADORE LES QUICHES DE MA TATA.
AH BON ? ELLE FAIT BIEN LA CUISINE, TA TATA ?
OH OUI, ET TOUT LE MONDE DIT QUE MA TATA C'EST LA REINE DES QUICHES !

## FREIN MOTEUR

VROUUUM !
HIIIIIKK !
CRAASH !
JE VENAIS DE LA DROITE ! J'AVAIS PRIORITÉ !
J'AI BEAU ÊTRE BLONDE, J'AI MON PERMIS DE CONDUIRE !
OUI, MAIS LÀ, VOUS ÊTES DANS MON GARAGE.
AH ?

BOURRE GUIGNOL

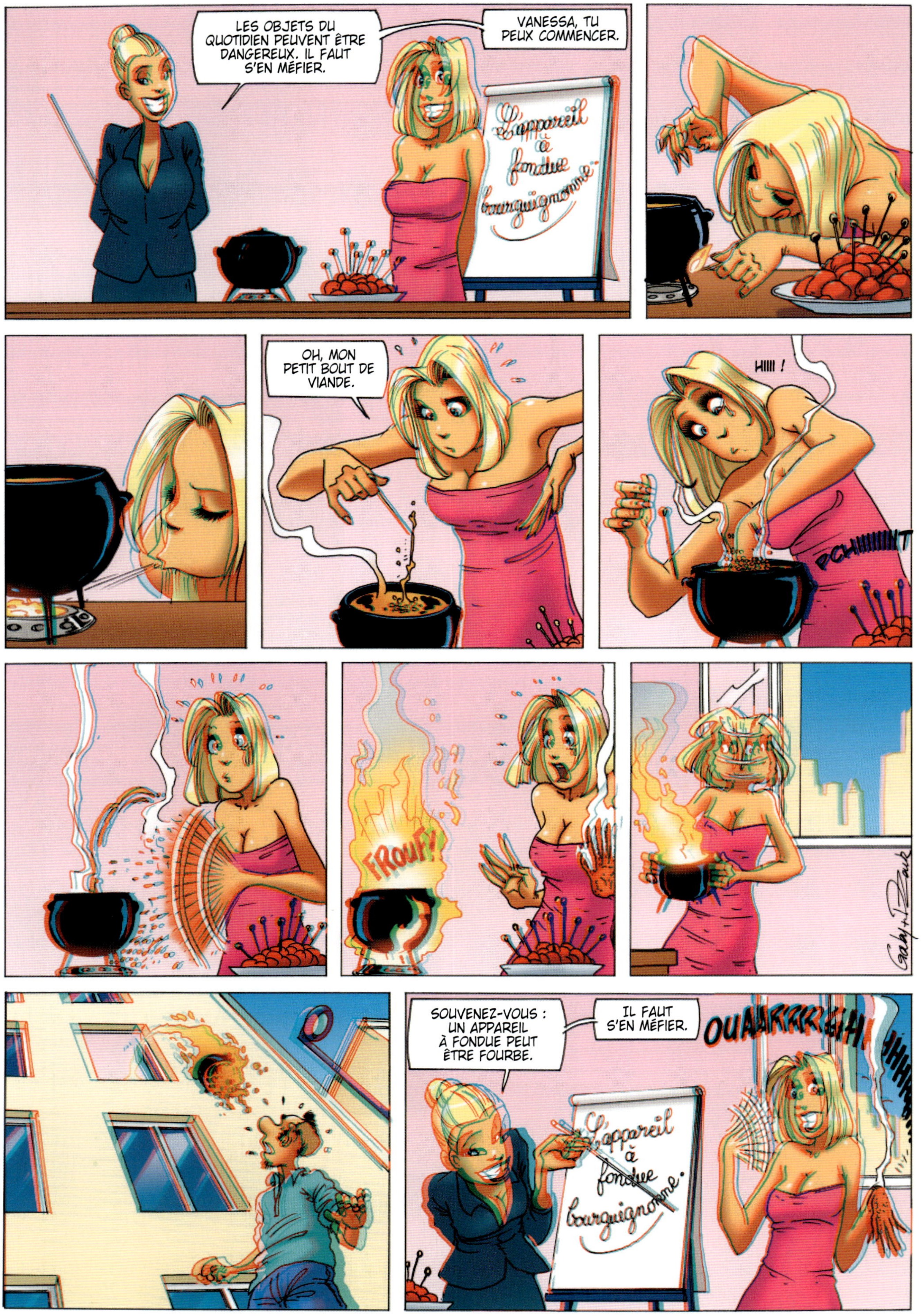
LES OBJETS DU QUOTIDIEN PEUVENT ÊTRE DANGEREUX. IL FAUT S'EN MÉFIER.
VANESSA, TU PEUX COMMENCER.
L'appareil à fondue bourguignonne
OH, MON PETIT BOUT DE VIANDE.
HIIII !
PCHIIIIIIIT
FROUF!
SOUVENEZ-VOUS : UN APPAREIL À FONDUE PEUT ÊTRE FOURBE.
IL FAUT S'EN MÉFIER.
OUAARRRGHHHHH
L'appareil à fondue bourguignonne

CIRQUE DU SOLEIL

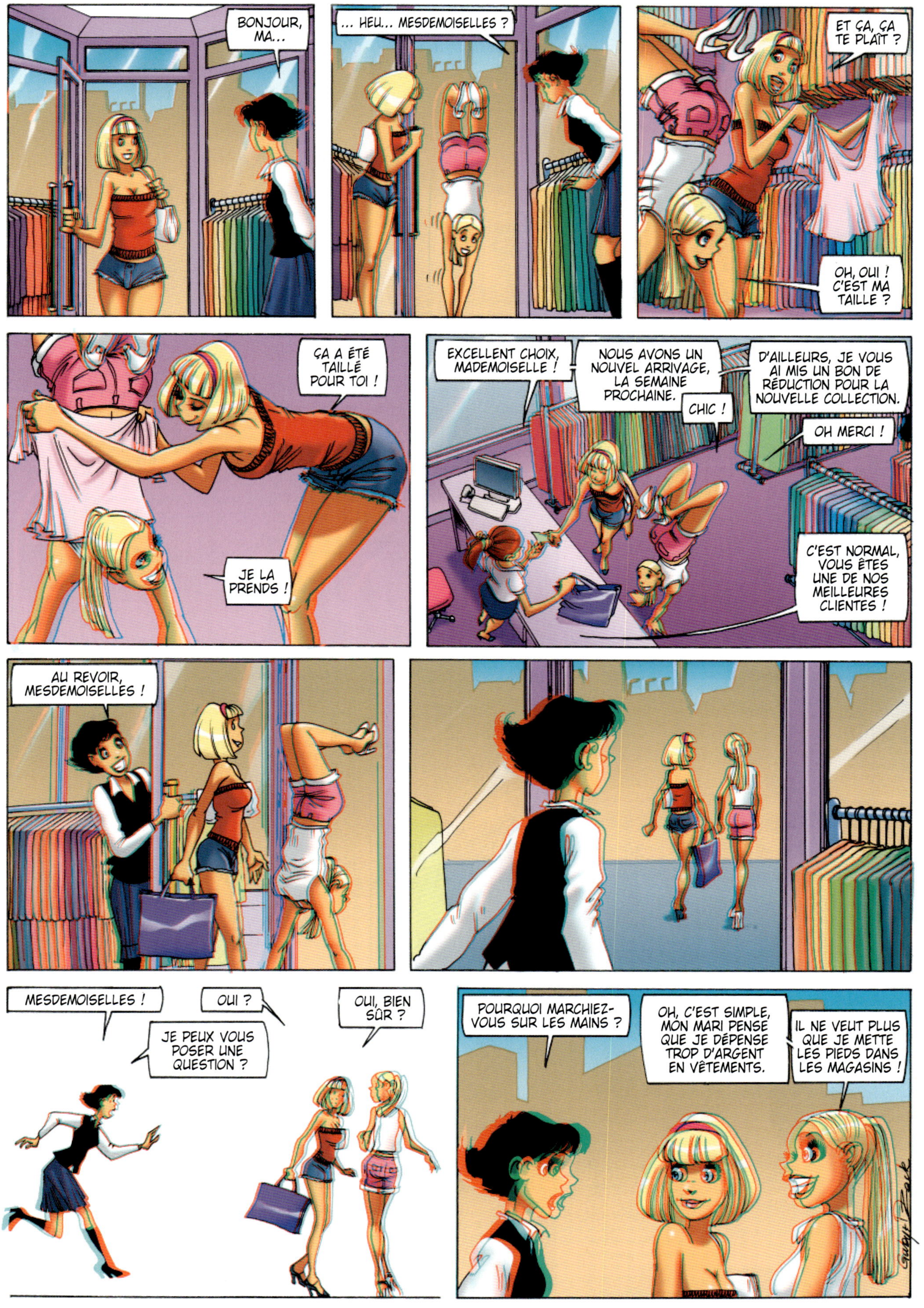
BONJOUR, MA...
... HEU... MESDEMOISELLES ?
ET ÇA, ÇA TE PLAÎT ?
OH, OUI ! C'EST MA TAILLE ?
ÇA A ÉTÉ TAILLÉ POUR TOI !
JE LA PRENDS !
EXCELLENT CHOIX, MADEMOISELLE !
NOUS AVONS UN NOUVEL ARRIVAGE, LA SEMAINE PROCHAINE.
CHIC !
D'AILLEURS, JE VOUS AI MIS UN BON DE RÉDUCTION POUR LA NOUVELLE COLLECTION.
OH MERCI !
C'EST NORMAL, VOUS ÊTES UNE DE NOS MEILLEURES CLIENTES !
AU REVOIR, MESDEMOISELLES !
MESDEMOISELLES !
OUI ?
JE PEUX VOUS POSER UNE QUESTION ?
OUI, BIEN SÛR ?
POURQUOI MARCHIEZ-VOUS SUR LES MAINS ?
OH, C'EST SIMPLE, MON MARI PENSE QUE JE DÉPENSE TROP D'ARGENT EN VÊTEMENTS.
IL NE VEUT PLUS QUE JE METTE LES PIEDS DANS LES MAGASINS !

CANTIQUE DES CANTIQUES

MESDEMOISELLES, C'EST LA DERNIÈRE RÉPÉTITION POUR LES CHANTS DE NOËL DE L'ACADÉMIE…
VOUS AVEZ LES PAROLES, JE COMPTE SUR VOTRE SÉRIEUX.
TROIS, QUATRE…
NOËL ! NOËL !
NOËL ! NOËL !
NOËL ! LÉON ! NOËL !
MESDEMOISELLES, ON S'ARRÊTE.
CINDY, SYLVIE, RETOURNEZ VOS PAROLES, S'IL VOUS PLAÎT ! VOUS LES TENEZ À L'ENVERS !
NOËL ! NOËL ! NOËL !

## DONNE-M'EN CINQ

MA CHÉRIE ! TU ES LÀ !
QUE S'EST-IL PASSÉ ? TU AS EU UN ACCIDENT ?
NON, PAS DU TOUT ! JE FAISAIS UN MATCH DE BEACH VOLLEY !
DE BEACH VOLLEY ?
OUI, C'EST VACHEMENT BIEN ! MAIS IL FAUT BEAUCOUP S'ENTRAÎNER !
13 À 1 POUR L'ÉQUIPE DES BRUNES !
OH MA PAUVRE, TU T'ES PRIS LE BALLON DANS LA FIGURE DURANT LA PARTIE, C'EST ÇA ?
13 À 2 POUR L'ÉQUIPE DES BRUNES !
BAF!
NON, IL FAUT AUSSI QU'ON S'ENTRAÎNE À ÊTRE CONTENTES !
CLAK!

Gaby + Dzack
NOUS SOMMES LES SEULS SURVIVANTS... VOUS CROYEZ QUE NOUS SOMMES SUR UNE ÎLE DÉSERTE ?
J'ESPÈRE !
ENFIN... JE VEUX DIRE, J'ESPÈRE QUE NON... ET SI ON ESSAYAIT DE FAIRE LE TOUR ?
MICHEL.
CYNTHIA.
SI NOUS DEVONS ATTENDRE LES SECOURS, IL FAUT NOUS ORGANISER.
OUI.
IL VA FALLOIR NOUS METTRE
OUI.
... AU TRAVAIL.
AH.
CYNTHIA, REGARDE !!! UN TÉLÉPHONE !!!
UNE CABINE ? TU AS DES PIÈCES ?
LA BATTERIE EST PRESQUE VIDE. NOUS N'AURONS QUE QUELQUES SECONDES DE COMMUNICATION, PAS PLUS.
JE SAIS QUI APPELER ! JE SAIS QUI APPELER !
TU ES SÛRE ? TU N'AURAS PAS D'AUTRES ESSAIS !
UN PEU DE CONFIANCE, JE SAIS CE QUE JE FAIS !
LES FILLES, VOUS DEVINEREZ JAMAIS OÙ JE SUIS !!! NI AVEC QUI !!! IL S'APPELLE MICHEL, IL EST TROP BEAU !!!
TUUT...
ALLÔ ? LES FILLES ?
ALLÔ ?
ÇA A COUPÉ ?

TOUTOUYOUTOU

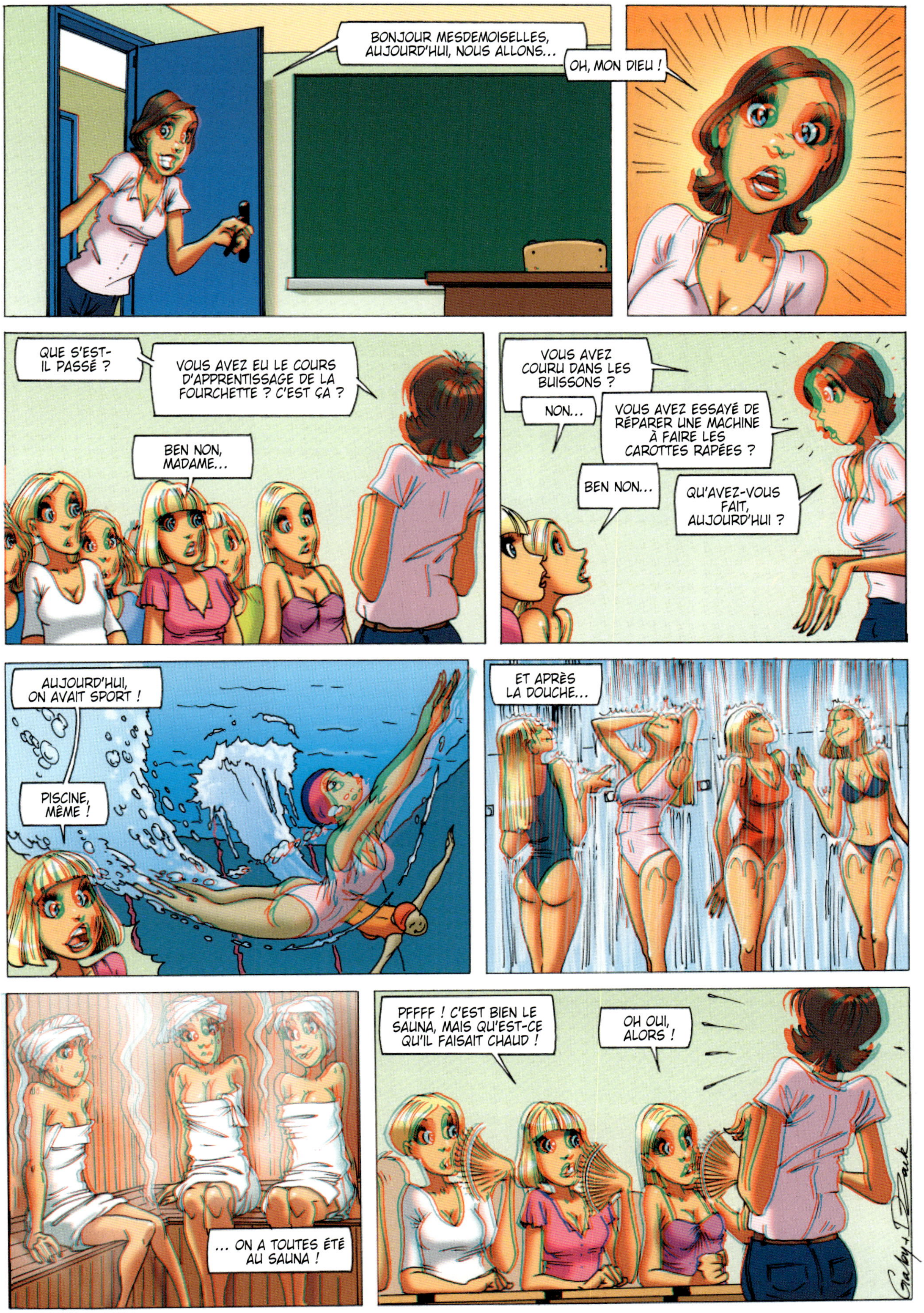
BONJOUR MESDEMOISELLES, AUJOURD'HUI, NOUS ALLONS...
OH, MON DIEU !
QUE S'EST-IL PASSÉ ?
VOUS AVEZ EU LE COURS D'APPRENTISSAGE DE LA FOURCHETTE ? C'EST ÇA ?
BEN NON, MADAME...
VOUS AVEZ COURU DANS LES BUISSONS ?
NON...
VOUS AVEZ ESSAYÉ DE RÉPARER UNE MACHINE À FAIRE LES CAROTTES RAPÉES ?
BEN NON...
QU'AVEZ-VOUS FAIT, AUJOURD'HUI ?
AUJOURD'HUI, ON AVAIT SPORT !
PISCINE, MÊME !
ET APRÈS LA DOUCHE...
... ON A TOUTES ÉTÉ AU SAUNA !
PFFFF ! C'EST BIEN LE SAUNA, MAIS QU'EST-CE QU'IL FAISAIT CHAUD !
OH OUI, ALORS !

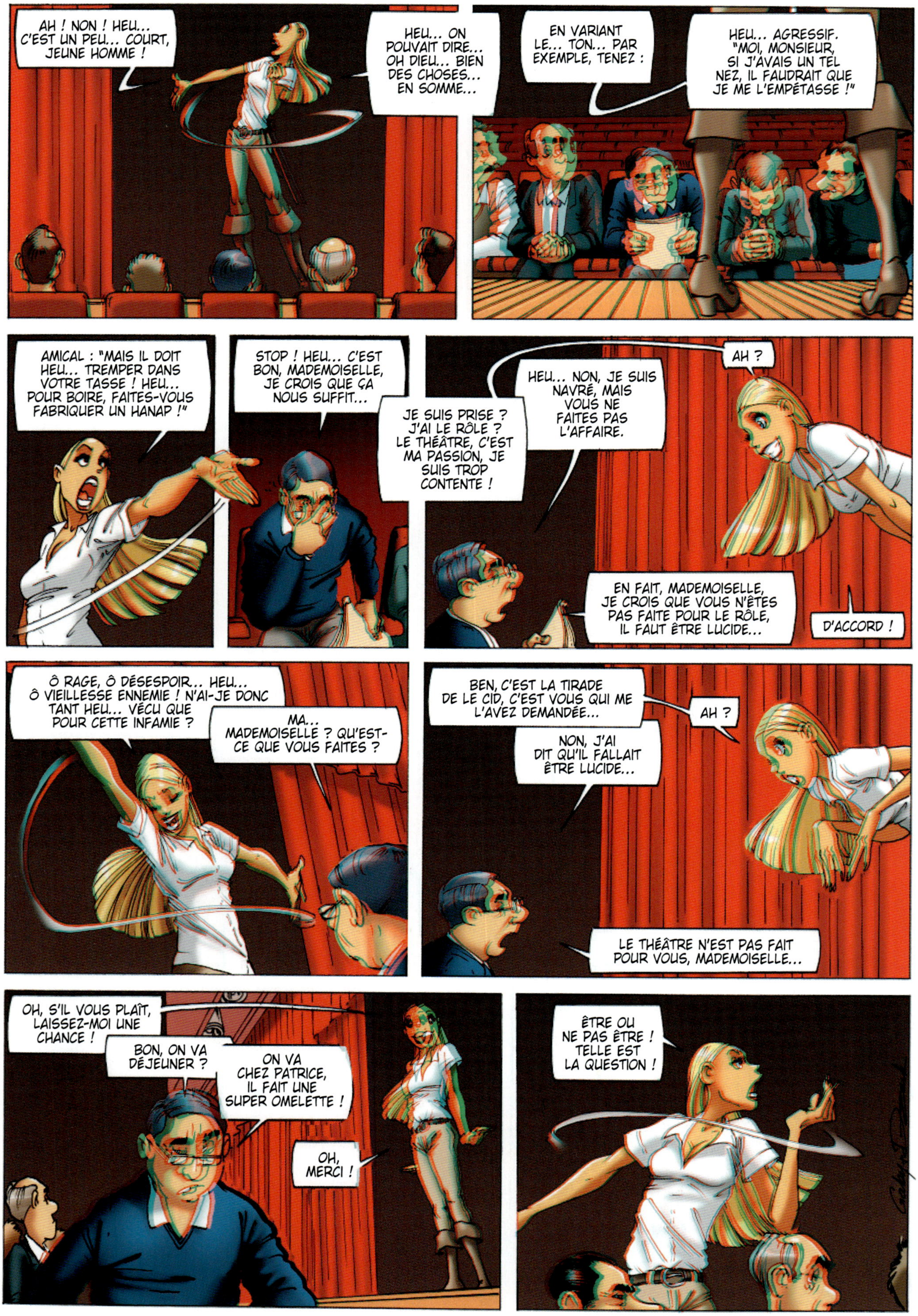
AH ! NON ! HEU... C'EST UN PEU... COURT, JEUNE HOMME !
HEU... ON POUVAIT DIRE... OH DIEU... BIEN DES CHOSES... EN SOMME...
EN VARIANT LE... TON... PAR EXEMPLE, TENEZ :
HEU... AGRESSIF. "MOI, MONSIEUR, SI J'AVAIS UN TEL NEZ, IL FAUDRAIT QUE JE ME L'EMPÊTASSE !"
AMICAL : "MAIS IL DOIT HEU... TREMPER DANS VOTRE TASSE ! HEU... POUR BOIRE, FAITES-VOUS FABRIQUER UN HANAP !"
STOP ! HEU... C'EST BON, MADEMOISELLE, JE CROIS QUE ÇA NOUS SUFFIT...
JE SUIS PRISE ? J'AI LE RÔLE ? LE THÉÂTRE, C'EST MA PASSION, JE SUIS TROP CONTENTE !
HEU... NON, JE SUIS NAVRÉ, MAIS VOUS NE FAITES PAS L'AFFAIRE.
AH ?
EN FAIT, MADEMOISELLE, JE CROIS QUE VOUS N'ÊTES PAS FAITE POUR LE RÔLE, IL FAUT ÊTRE LUCIDE...
D'ACCORD !
Ô RAGE, Ô DÉSESPOIR... HEU... Ô VIEILLESSE ENNEMIE ! N'AI-JE DONC TANT HEU... VÉCU QUE POUR CETTE INFAMIE ?
MA... MADEMOISELLE ? QU'EST-CE QUE VOUS FAITES ?
BEN, C'EST LA TIRADE DE LE CID, C'EST VOUS QUI ME L'AVEZ DEMANDÉE...
AH ?
NON, J'AI DIT QU'IL FALLAIT ÊTRE LUCIDE...
LE THÉÂTRE N'EST PAS FAIT POUR VOUS, MADEMOISELLE...
OH, S'IL VOUS PLAÎT, LAISSEZ-MOI UNE CHANCE !
BON, ON VA DÉJEUNER ?
ON VA CHEZ PATRICE, IL FAIT UNE SUPER OMELETTE !
OH, MERCI !
ÊTRE OU NE PAS ÊTRE ! TELLE EST LA QUESTION !

# ET UN ET DEUX ET TROIS ZÉROS

ALLEZ, LES FILLES, ON EMBARQUE ! UNE DEUX, UNE DEUX !
ICI LE COMMANDANT DE BORD, NOUS ARRIVERONS À DESTINATION DANS MOINS DE DEUX HEURES...
... VOUS POUVEZ DÉTACHER VOS CEINTURES. CE VOL EST NON FUMEUR ET...
OUAIS ! ALLEZ ! ON S'ENTRAÎNE ! ALLEZ !
CHRISTINE ? IL Y A UNE FÊTE DERRIÈRE OU QUOI ?
NON, CE SONT LES FILLES QUI S'ENTRAÎNENT...
ALLEZ LES CALMER, S'IL VOUS PLAÎT, J'AI BESOIN D'UN PEU DE CALME POUR PILOTER...
JE VAIS VOIR CE QUE JE PEUX FAIRE.
CHRISTINE ? JE N'ENTENDS PLUS UN BRUIT, FÉLICITATIONS, QU'AVEZ-VOUS FAIT ?
JE LEUR AI DIT D'ALLER S'ENTRAÎNER DEHORS.

## ET MOI ET MOI ET MOI

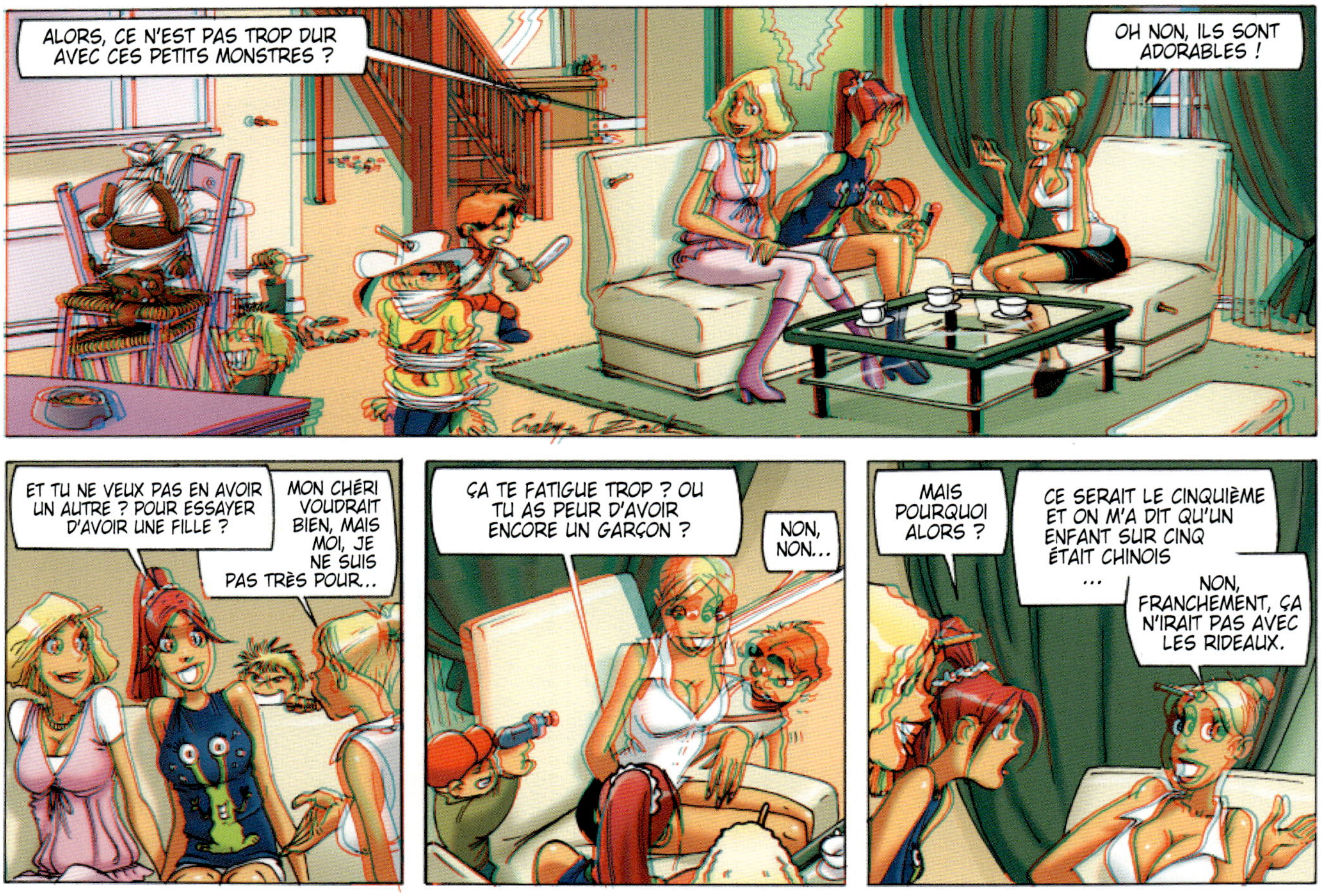
ALORS, CE N'EST PAS TROP DUR AVEC CES PETITS MONSTRES ?
OH NON, ILS SONT ADORABLES !
ET TU NE VEUX PAS EN AVOIR UN AUTRE ? POUR ESSAYER D'AVOIR UNE FILLE ?
MON CHÉRI VOUDRAIT BIEN, MAIS MOI, JE NE SUIS PAS TRÈS POUR...
ÇA TE FATIGUE TROP ? OU TU AS PEUR D'AVOIR ENCORE UN GARÇON ?
NON, NON...
MAIS POURQUOI ALORS ?
CE SERAIT LE CINQUIÈME ET ON M'A DIT QU'UN ENFANT SUR CINQ ÉTAIT CHINOIS ...
NON, FRANCHEMENT, ÇA N'IRAIT PAS AVEC LES RIDEAUX.

## MAUX DE TÊTE

LES MALADIES DE PARKINSON ET D'ALZHEIMER ONT ÉTÉ DÉCRÉTÉES "GRANDES CAUSES NATIONALES" PAR LE PRÉSIDENT DE LA RÉPUBLIQUE...
C'EST TOUT DE MÊME TERRIBLE, TOUTES CES MALADIES QUI ATTAQUENT LE CERVEAU...
OUI, MÊME S'IL PARAÎT QUE NOUS SOMMES MOINS TOUCHÉES QUE LES AUTRES...
N'EMPÊCHE... TU PRÉFÉRERAIS ÊTRE TOUCHÉE PAR LA MALADIE DE PARKINSON OU LA MALADIE D'ALZHEIMER ?
PARKINSON, SANS HÉSITER...
AH BON ? POURQUOI ?
C'EST ÉVIDENT... JE PRÉFÈRE DÉBORDER EN ME FAISANT LES ONGLES QU'OUBLIER DE ME LES FAIRE...

RAPPORT ORAL

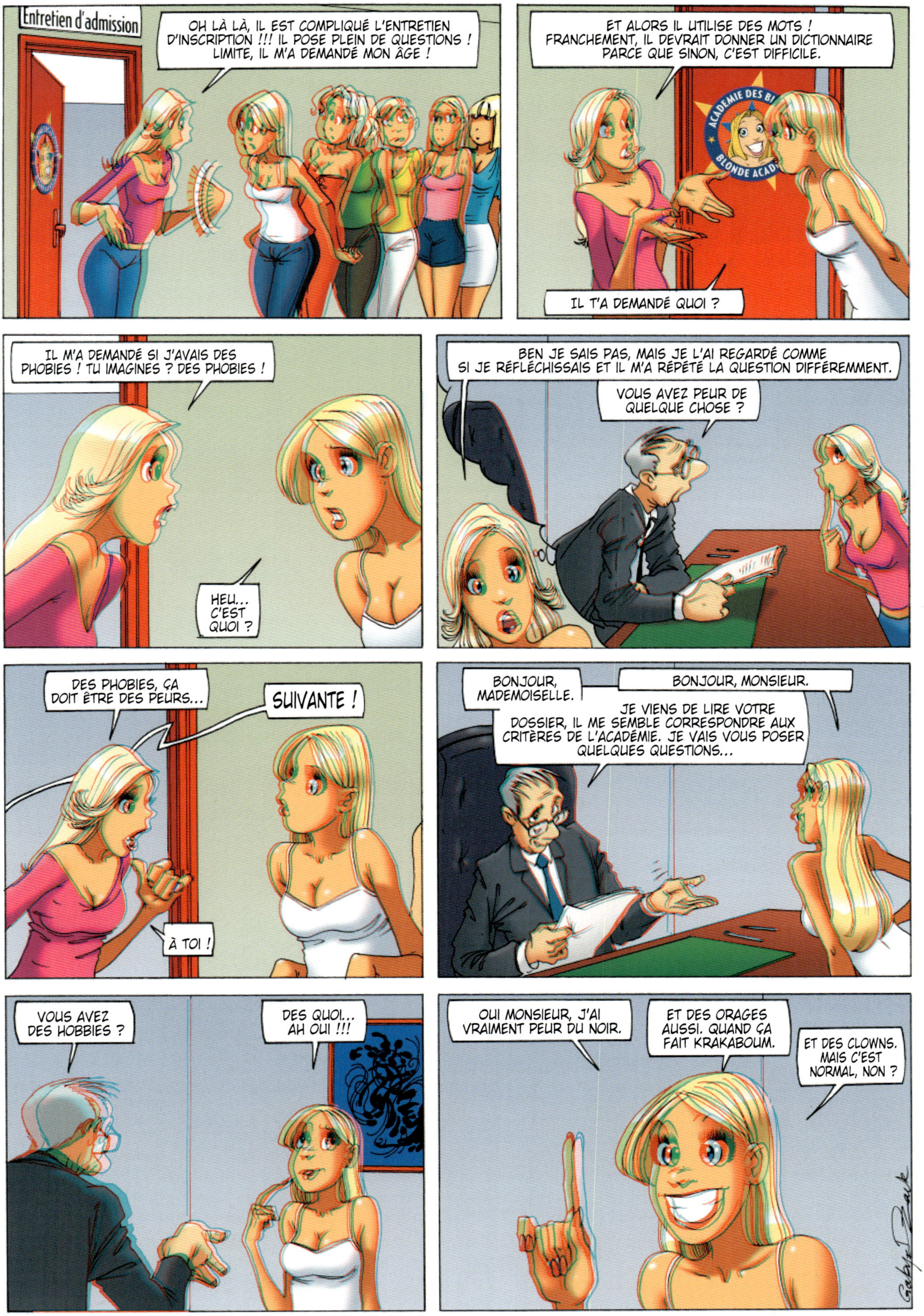
Entretien d'admission
OH LÀ LÀ, IL EST COMPLIQUÉ L'ENTRETIEN D'INSCRIPTION !!! IL POSE PLEIN DE QUESTIONS ! LIMITE, IL M'A DEMANDÉ MON ÂGE !
ET ALORS IL UTILISE DES MOTS ! FRANCHEMENT, IL DEVRAIT DONNER UN DICTIONNAIRE PARCE QUE SINON, C'EST DIFFICILE.
IL T'A DEMANDÉ QUOI ?
IL M'A DEMANDÉ SI J'AVAIS DES PHOBIES ! TU IMAGINES ? DES PHOBIES !
HEU... C'EST QUOI ?
BEN JE SAIS PAS, MAIS JE L'AI REGARDÉ COMME SI JE RÉFLÉCHISSAIS ET IL M'A RÉPÉTÉ LA QUESTION DIFFÉREMMENT.
VOUS AVEZ PEUR DE QUELQUE CHOSE ?
DES PHOBIES, ÇA DOIT ÊTRE DES PEURS...
SUIVANTE !
À TOI !
BONJOUR, MADEMOISELLE.
BONJOUR, MONSIEUR.
JE VIENS DE LIRE VOTRE DOSSIER, IL ME SEMBLE CORRESPONDRE AUX CRITÈRES DE L'ACADÉMIE. JE VAIS VOUS POSER QUELQUES QUESTIONS...
VOUS AVEZ DES HOBBIES ?
DES QUOI... AH OUI !!!
OUI MONSIEUR, J'AI VRAIMENT PEUR DU NOIR.
ET DES ORAGES AUSSI. QUAND ÇA FAIT KRAKABOUM.
ET DES CLOWNS. MAIS C'EST NORMAL, NON ?

SPÉCIALE DÉDICACE À CARLYNE

LES MINI BLONDES SERIAL MALADE

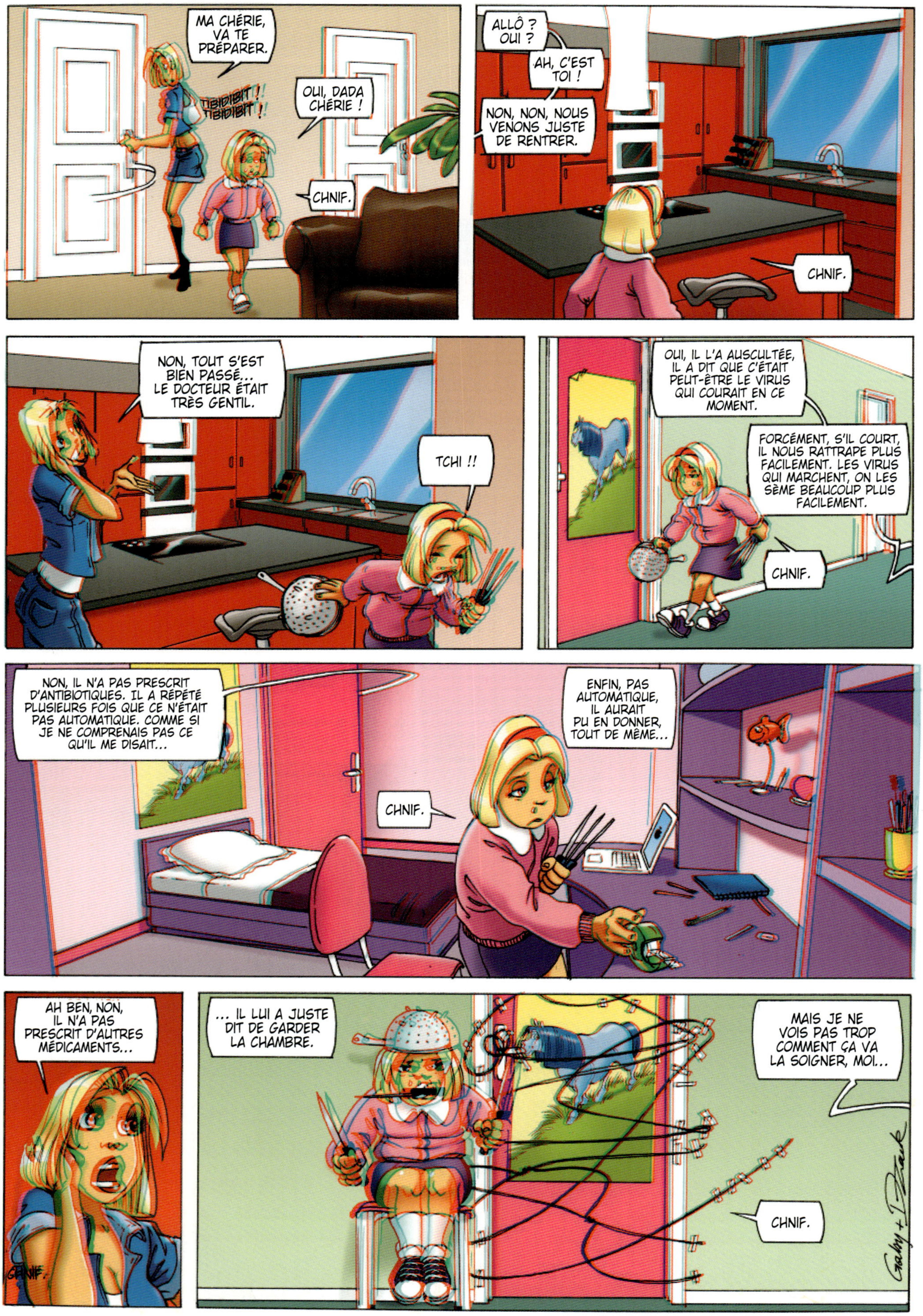
MA CHÉRIE, VA TE PRÉPARER.
TIDIDIT ! TIDIDIT !
OUI, DADA CHÉRIE !
CHNIF.
ALLÔ ? OUI ?
AH, C'EST TOI !
NON, NON, NOUS VENONS JUSTE DE RENTRER.
CHNIF.
NON, TOUT S'EST BIEN PASSÉ... LE DOCTEUR ÉTAIT TRÈS GENTIL.
TCHI !!
OUI, IL L'A AUSCULTÉE, IL A DIT QUE C'ÉTAIT PEUT-ÊTRE LE VIRUS QUI COURAIT EN CE MOMENT.
FORCÉMENT, S'IL COURT, IL NOUS RATTRAPE PLUS FACILEMENT. LES VIRUS QUI MARCHENT, ON LES SÈME BEAUCOUP PLUS FACILEMENT.
CHNIF.
NON, IL N'A PAS PRESCRIT D'ANTIBIOTIQUES. IL A RÉPÉTÉ PLUSIEURS FOIS QUE CE N'ÉTAIT PAS AUTOMATIQUE. COMME SI JE NE COMPRENAIS PAS CE QU'IL ME DISAIT...
ENFIN, PAS AUTOMATIQUE, IL AURAIT PU EN DONNER, TOUT DE MÊME...
CHNIF.
AH BEN, NON, IL N'A PAS PRESCRIT D'AUTRES MÉDICAMENTS...
CHNIF.
... IL LUI A JUSTE DIT DE GARDER LA CHAMBRE.
MAIS JE NE VOIS PAS TROP COMMENT ÇA VA LA SOIGNER, MOI...
CHNIF.
Gaby + Dzack

# Egalement en version 3D

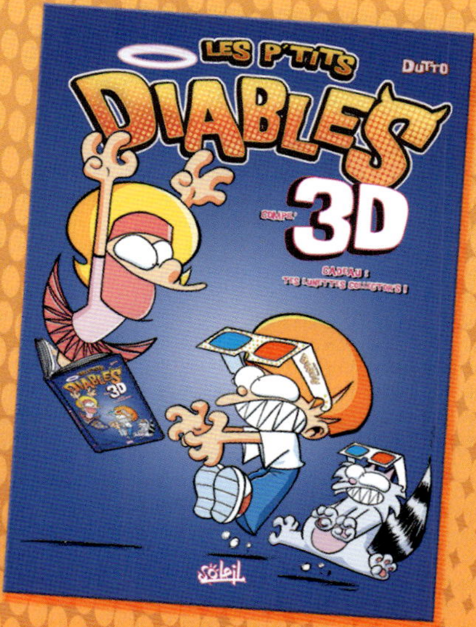


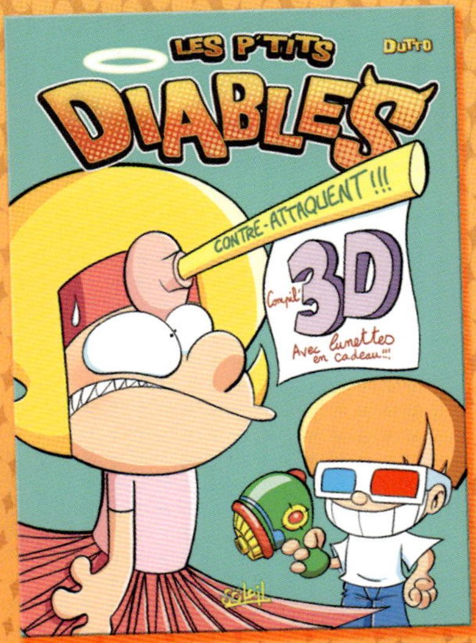

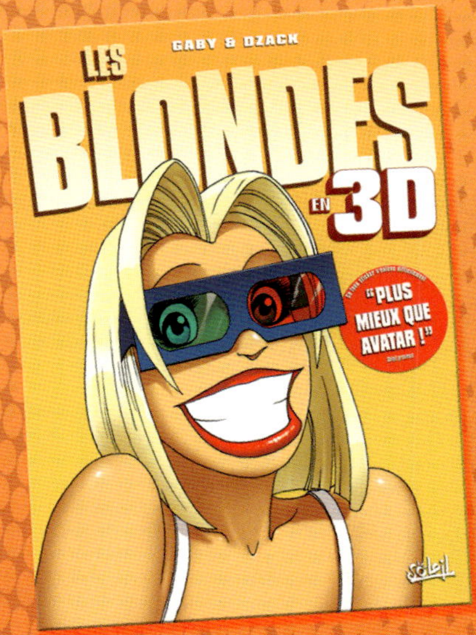


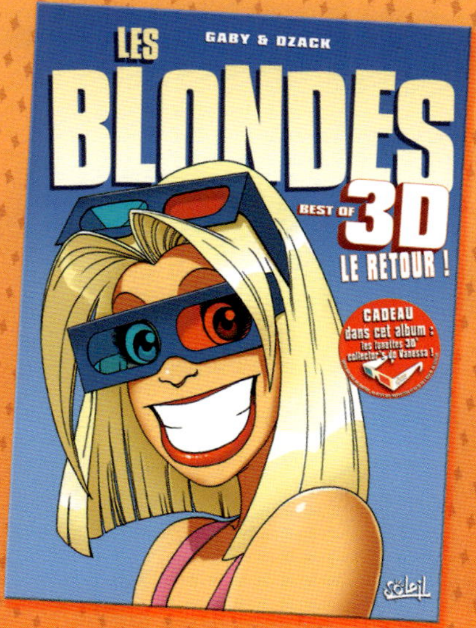


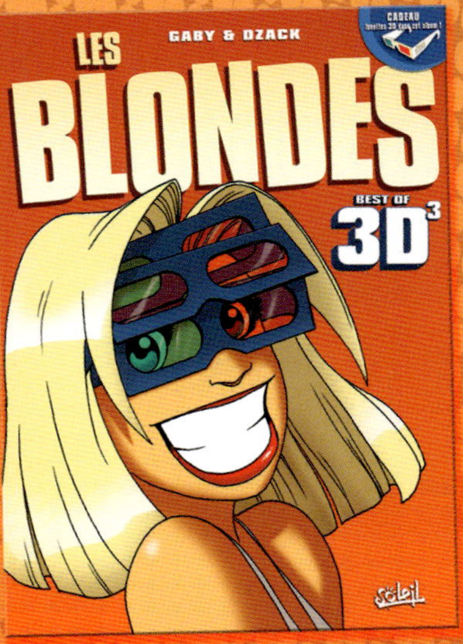


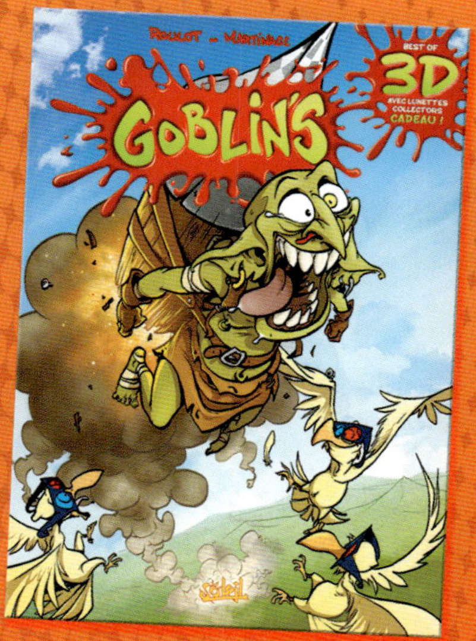


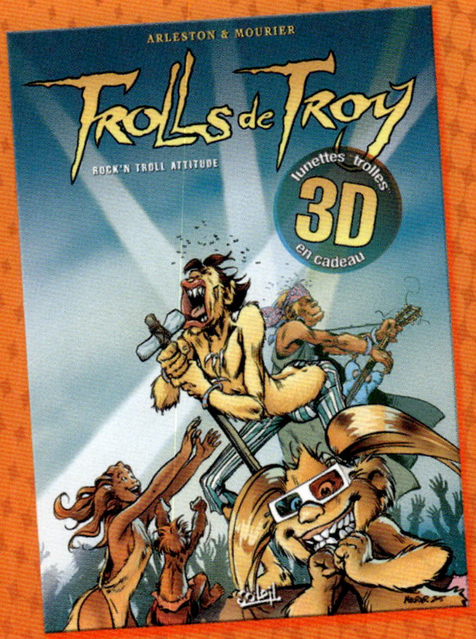

**La conversion 3D a été réalisée par RAY ZONE.**



**Soleil Toulon**
15, Boulevard de Strasbourg
83000 Toulon - France

**Soleil Paris**
25, rue Titon - 75011 Paris - France

Réalisation graphique : Studio Soleil

Dépôt légal : Mars 2012 - ISBN : 978-2-302-02016-0



Impression : PPO Graphic - Palaiseau - France